婚姻诊所

柯云路 著

河南文艺出版社

·郑州·

前　言

　　本书是哲理小说,它除了有一个十分独特的故事,更突出的是解决婚恋问题的方法论。

　　本书旨在通过悲欢离合的众生相揭示婚恋中的规律。这些规律潜移默化地在所有婚恋中都起着支配作用。

　　读者只要浏览一下节前"引言"及正文旁的"贴士"系统,就能对全书的理论方法有清晰感觉。由此,可获得中国现时婚姻规律的全貌。往下,可以为探究婚姻规律的详细内容而阅读全书,也可以针对自己的婚恋问题,直接阅读有关章节。

　　第一部分,探析婚姻里的十种利益交换,这是切入婚姻真相的第一步。我们不能完全相信激情,也不能完全相信誓言,我们能够完全相信的只是婚姻中的现实规律。

第二部分,破解现代婚恋迷局。

第三部分,讲述婚姻对等律。

第四部分,探讨婚姻里的特殊对等律。

第五部分,讲述爱情的绝对规律,包括爱情十大发生发展律与爱情五大递减律。

第六部分,讲述长线婚姻的打造;探讨短线婚姻、长线婚姻,短线婚姻的主要问题,长线婚姻的几大要素,婚姻中的"审美疲劳""审美积累""排他性""对等权利"等规则。

本书以"婚姻诊所"的形式剖析了几十个婚恋案例,基本概括了当代婚恋中的诸种问题。

希望读者喜欢书中写到的故事与人物。

更希望遇到婚恋问题的朋友能从中找到与自己相关的答案。

目 录

壹　　交换爱情

一 今天，你相亲了吗？

相亲作为婚姻的前奏，双方已经开始交换信息。如果信息对称，双方大致满意，接下来才有可能进一步交换，比如见面了，彼此交换信任。

下午，世纪网嘉宾聊天室主持人夏小艾面对电脑有点心神不定。

这是因为一档由她主持的系列讲座"婚姻诊所"今天开播。主讲嘉宾是她一直以来非常崇拜的学者欧阳涛。

欧阳涛是国内著名的社会学学者。他曾对中国的婚恋状况展开过多年的社会调查，在婚姻社会学领域的研究成果影响颇大，被媒体评为中国五十位最前卫的文化人物之一。

作为门户网站的主持人，夏小艾平日交往的多是名人及媒体人士。

　　"婚姻诊所"是她几个月前和几家平面媒体的朋友共同策划的,参与策划的人一致锁定主讲人非欧阳涛莫属。

　　夏小艾毕业于中国传媒大学，大三开始在一家新闻网站实习,其间主持过几十场名人访谈。因其形象上镜,策划能力强,主持风格机敏,很快受到注意。毕业后被挖到世纪网，一步到位成为大型门户网站嘉宾聊天室主持人。

　　以夏小艾的年龄而论，她在这个位置上可说是阅人无数了，面对面采访的名人明星已到了同龄女孩望尘莫及的地步。然而,认识的名人越多,夏小艾对名人的神秘感越低。离开了聚光灯,那些闪耀着星光的明星和名人与常人一般无二。接触深了,夏小艾有时会觉得他们在很多方面还不及常人:如过分的敏感脆弱,对名利的看重……渐渐地,夏小艾不再仰视她的访谈嘉宾,越来越能以平常心对待他们。这样做的结果,是她的访谈节目反而日渐出色,夏小艾成了圈内公认的好谈手。网站对她倚重的标志就是将许多重要访谈交由她主持。

　　以夏小艾的位置，一般的名人聊天很难让她产生工作以外的兴奋感。

　　但今天的情况略有不同,能和欧阳涛面对面,主持由他主讲的"婚姻诊所"系列讲座,夏小艾感到一种莫名的兴奋,这是因为欧阳涛在她心目中有一点特殊的位置。

　　欧阳涛曾在不知情的情况下给过她指点，当过她的心灵导师。

　　那是她的一个秘密。

按照约定的时间,夏小艾到前台迎接客人。只见一个儒雅的中年男人正安静地站在那里。她早已在照片上见过欧阳涛,想不到他已经提前到了。

夏小艾快步走上前伸出手:欢迎你,欧阳老师!

对方显然注意到夏小艾的漂亮,开心地笑了:你就是夏小艾?

知道第一眼留给对方的印象不错,简单地寒暄之后,夏小艾掩饰着自己的兴奋和些微紧张引领着欧阳涛上楼。在经过一段长长的走廊时,欧阳涛停下来,指着墙上张挂的那些名人访谈时留下的照片,问:和名人聊天的感受如何?

夏小艾调皮地一笑:不过尔尔。

到了嘉宾聊天室,各路人员已经到位。

几个报名参加讲座的女孩已按事先安排在一侧坐好。

《伊人》杂志社副主编田静早到了一会儿,熟门熟路地对欧阳涛和夏小艾点点头。

田静算夏小艾的朋友,年龄大夏小艾几岁,曾在世纪网女性频道工作过。夏小艾刚到世纪网时和田静有过接触,但那时田静已经找好了下家,半个月后就辞职跑到一家婚恋交友网站任运营部总监。时间不长,又跳到新创刊的《伊人》杂志社任执行副主编。

《婚姻诊所》这个栏目,田静也算创意人之一。

夏小艾对田静说不上喜欢,也说不上不喜欢,觉得这个人太实际,少一点年轻女孩的浪漫。才一年多时间,田静三次跳槽,频率有点高。

但田静不以为然,她的理论是"树挪死,人挪活",不能总窝在一个地方。任何单位蹲长了都没有发展空间。人就得不停地转换,所谓"人往高处走",也叫"一步一个台阶"。

准备工作全部就绪,谈话时间也就到了。

夏小艾将在场的嘉宾做了介绍,特别说明,"婚姻诊所"系列讲座第一期的谈话主题是:今天,你相亲了吗?

夏小艾说:近年来,青年男女交友的方式层出不穷:网上交友、八分钟约会、父母相亲会、婚恋介绍派对、单身族旅游团、密码腕带……最近,被家人、亲戚安排的相亲又热了起来,成为白领父母的最爱。但白领们对这种精心策划的相亲大多不以为然,甚至颇有微词。

此前,世纪网关于"相亲"进行过网上调查:"赞同相亲"的网友占参与调查人数的 34%,"反对相亲"的占 58%,"有过一次以上相亲经历"的占 12%。赞同者认为,相亲是一种有效的婚恋形式,特别对整天忙于工作、生活圈子较单调的 OL(办公室女郎)比较有帮助,对"超男剩女"帮助可能更大。反对者认为,相亲像一场严肃的闹剧,出现在 21 世纪很可笑。

一些网友还发帖讲述了自己或有趣或尴尬的相亲经历。

夏小艾说到这里,笑了笑:为了配合本次讲座,我们特意挑选了几位愿意参与现场讨论的网友助阵,可都是清一色的相亲反对派哦。希望通过这种交锋，使讲座更生动更出彩，也更能激发欧阳老师的智慧。

欧阳涛对这样的场合显然驾轻就熟，说：找来这么多相亲反对派，主持人先给了我一个下马威，我当然不能怯阵。还是先请朋友们谈谈自己的想法吧。

女孩们用的都是网名。

小菲最先开口：我是坚决反对相亲的。

因为这个没少跟妈妈闹别扭，就因为她总逼着我出去相亲，怕我嫁不出去。

我呢，觉得结婚要看缘分。我身边有很多朋友找不到对象，但这一点也不能说明他们很失败。从社会层面上说，这些朋友甚至可以说都很优秀，无论是男是女，能挣很多钱，有自己的事业，女孩长得漂亮，男孩很帅。一直单身的原因或许是有点自视清高，希望找到和自己特别般配的，只是一时机缘不凑巧。我不觉得自己非得出来相亲，但一回家妈妈就拿这事逼我，好像找不到对象是多见不得人的事。最近几个月我们冲突得更厉害。妈妈到处托人，甚至跑到中山公园，听说那里有许多父母为子女相亲。我知道了特别伤自尊。

欧阳涛问：你是愿意父母去呢，还是希望他们不去？

小菲说：当然不愿意他们去。

我觉得父母去那种地方很辛苦，还没有面子。他们放下自己的尊严去那种地方，儿女心里会有一种无形的压力。我不希望他们给我这种压力，希望过得轻松一点，随意一点。碰到合适的自然会有下一步，碰不到就一个人过，也没什么不好。

欧阳涛将目光转向网名叫叶子的女孩：你的观点呢？

叶子清了清嗓子，说：我今年二十六岁了，工作稳定，家庭幸福，可一直没有谈到男朋友。同事好友都觉得我要求高。我选择男友的标准是看他的职业是否有发展空间。我不知道这样对不对，是不是对他们不太公平？曾经有很多人给我介绍对象，介绍的人也基本符合我的条件，可我还是觉得相亲是件很尴尬的事。

这里我想讲一个自己的相亲故事。

他是个公务员。相亲那天晚上，介绍人一走，他就和我聊这些问题：你是做什么工作的，月薪多少；父母干什么，工资待遇如何；家里是否有房子，房子多大，大概值多少钱……我一听就很不舒服，但碍于父母的情面，还是勉强和他交往了一阵。过了些日子他给我打电话，说想投资办个小厂，希望我放弃工作，并且为他投资十万元……

这些事情让我很困惑，我不知道是不是相亲就应该问这些问题。我总觉得这不像谈恋爱，倒像在谈生意，让我一点感觉都没有，而且让我觉得他想从我这里得到什么。

从那儿以后我就不愿意相亲，怕再遇见那样的人。

可是因为工作的局限，除了相亲，我又没有别的方法去接触外面的人。

我很苦恼，家里也很着急。父母年纪大了，我不想让他们为我的个人问题操心。看着身边的好友纷纷结婚生子，我很怕他们会想："你不是要求很高嘛，看你以后找个什么样子的。"以前我对自己很有信心，随着年龄的增大我开始封闭自己，走在大街上特别怕碰到熟人，因为我怕他们会问，"你怎么是一个人啊？"有时我真想随便找个人嫁掉算了，反正是过日子；可是又不甘心，婚姻如果没有爱情做基础，是不可能长久的。

叶子讲完了，网名冰冰的女孩言辞激烈地接过话题：我的观点很明确，坚决反对相亲。

两个陌生人通过父母或介绍人主要了解的是什么呢？是收入、车、房子这些比较实际的东西，谈的所有问题到最后都是条件。我觉得这不是在找爱情，像买菜一样，你是萝卜还是西红柿，不断讨论的都是这些，根本没有感情。

很多父母为儿女相亲，也是谈论这些条件。

这是一种变相的交易，一点也不可取。

我现在特别不愿意回家，只要一回家妈妈准会搬出一两个大龄男子，不是邻居推荐的就是同事手里的存货。我见过两个，是非常恐怖的记忆。

昨天回家，妈妈一见我又故技重演，我很不屑地说："妈，您又好了伤疤忘了疼是不是？您以前给我介绍的那几个哪个中看啊，还不够恶心我的。"妈妈显出很受伤的样子，晃悠着手里的小本儿对我说："这个不一样，是我跟你爸在公园里找的。"

我当时就一愣。后来才知道，爸爸妈妈从报上得到消息，北京的几个公园里都有为子女相亲的活动。打这儿以后他们就没有闲过，今天去这个公园，明天去那个公园，拿着我的照片、简历四处牵线。这给我的直接感觉就像旧社会卖儿卖女。你想啊，父母胸前挂着那张纸走来走去的，这个人胸前写一个大大的"女"字，那个人胸前写一个大大的"男"字，像不像旧社会卖儿卖女？为这个我跟妈妈大吵了一架，说她把女儿放到"人肉交易市场"上卖。

妈妈被我说得委屈地哭了一场。

静下心来一想，也觉得他们挺可怜的。

三个女孩都讲完了，因为话题的沉重，一时有些冷场。

夏小艾适时将目光转向欧阳涛：欧阳老师，你对相亲有什么看法？

欧阳涛笑了笑，接上冰冰的话说："人肉交易市场"的说法太偏激，这肯定是一句气话。但婚姻是交易，这没有错啊。

冰冰有些意外地一愣，很冲地说：怎么个交易？

欧阳涛说："交易"这个词乍一听比较负面，也可以换一个词，交换。婚姻是一种交换。

冰冰问：婚姻怎么是交换？交什么，换什么？

欧阳涛指了指叶子：叶子的故事说得很明白，作为婚姻的前奏，还在彼此介绍的阶段，双方一开始不就在交换信息吗？如果信息对称，大致满意，接下来才有可能进一步交换，比如见面了，交换信任，你给我信任，我给你信任。再往下……

冰冰一下抢过话头：再往下，男女双方交换性，交换爱，交换一大堆东西。我在网上看过你的爱情交换论。我不同意你的观点。爱情是无价的,怎么能说成是一种交换呢?

二　婚姻是交换

　　婚姻是男女双方的一种交换。它和人类世界的其他交换没有什么本质的不同。当然,具体来讲又有它的特殊性。

　　谈话节目出现争论,对于当事人难免尴尬,但对于点击量及媒体的关注大有帮助。

　　夏小艾处理这种场面很干练,她微微一笑,接过冰冰的话:欧阳老师刚才讲到婚姻就是交换,这种理论在学术上可能并不惊险,但对大众来讲可就有点石破天惊了,是不是?

　　欧阳涛说:说石破天惊有点夸张了。用我的话说,现代人在两件事上有点发疯,一个是"钱",一个是"情"。许多人陷在这两个苦海里不可自拔,贪、嗔、痴得厉害。

　　"婚姻诊所"就是要针对这些问题,直指人心,当头棒喝。

　　我们先撇开相亲这种具体问题, 讲讲 "婚姻就是交换"。

　　这是切入婚恋真相的第一步。

　　几个女孩都有些好奇地竖起了耳朵。

　　"婚姻就是交换",这是切入婚恋真相的第一步。

欧阳涛说：首先，婚姻没有单方面的给予，一直给予不收获，行吗？也绝不存在单方面的获取，只得到好处，没有任何付出，行吗？不行。

所以，婚姻是男女双方的一种交换。

它和人类世界的其他交换没有什么本质的不同。

当然，具体来讲又有它的特殊性。

一、婚姻在男女之间要交换"性"。

这是天经地义的，不要耻于承认这一点。

二、婚姻交换爱。

这里当然包括性爱，但又是比性爱宽泛得多的感情。

在给予爱的同时也获得对方的爱，是一种实实在在的交换。

如果更深刻地补充一句，有时候得到爱是一种收获，是一种情感需要；有时候给予爱也是一种收获，是一种情感需要。有一定人生经验的人都能体会到这一点。譬如，在父母照顾子女时，子女是受益者，父母也得到快乐。夫妻之间也一样。

因此，爱的交换在婚姻中具有双重含义。

三、婚姻还是一种互助。

人与人之间经常发生互助行为。婚姻是一种长期稳定的互助模式。

这有时与爱相联系，有时又不尽然。

四、婚姻中的互助常常体现为金钱与物质。

两人在一起生活，同住一套房子，共同衣食消费，优于普通朋友在一起拼房拼车拼饭，这种贯穿金钱的结合，降低了双方独自生活的成本。

五、婚姻还互相提供最重要的人生保险。

你失业了，我还在工作。我生病时，你很健康。到了老年，彼此的照顾更为重要。

相互照顾，共担风险，这也是很多人需要家庭的一个非常实际的原因。

六、婚姻是生育子女不可或缺的条件。

男无女不能生育，女无男同样。而生育子女对于大多数人所具有的人生含义自不用说。男女之间无论是交换性，交换爱，还是彼此相互交换金钱与物质，交换保险，在生育子女中都有综合体现。

七、正因为上述这些交换，夫妻还彼此提供安全感。

你给予我安全感。我也给予你安全感。这也是一种不可或缺的交换。

八、婚姻更深层的交换，涉及无所不及的心理支持。

有些婚姻可能已经超越物质的互助或者人生互为保险的交换层次，夫妻间提供了他人所无法提供的深入理解与心理安慰。

这是好的婚姻才会出现的"高品位交换"。

九、婚姻交换尊重。

自尊感的获得有相当一部分在家庭中实现。夫妻间的相互欣赏与尊重是幸福感的重要来源。美好的婚姻成全完整的自尊感。

十、婚姻中有男女分工与能力的互补。

一个人单独生活，必须在社会中做全活儿：挣钱，应

婚姻还互相提供最重要的人生保险。

婚姻是生育子女不可或缺的条件。

夫妻还彼此提供安全感。

婚姻更深层的交换，涉及无所不及的心理支持。

婚姻交换尊重。

婚姻中有男女分工与能力的互补。

对人际关系,照顾自己,安排生活的方方面面。组成家庭后,男女优长不同,彼此有所分工。传统模式是男的本事大在外挣钱,女的贤惠主持家务。这种互补有时可能比单干更能发挥优势。

当然,男女互补和在家庭中的分工不同,有各种类型。

不同类型中,彼此的交换就有了特定内容。

欧阳涛最后总结道:婚姻中存在着这十种交换。

十种交换都存在的,是十全十美的婚姻。

十种交换大多数存在的,是美好的婚姻。

有半数存在的,是正常的婚姻。

只有少量交换的,是破裂的婚姻。

任何交换都已不存在的婚姻,是死亡的婚姻。

夏小艾适时插话:能不能用一句话概括你的结论?

欧阳涛说:爱情是理想,婚姻是现实。

夏小艾很专业地补充了一句:你刚才讲的第十点交换,男女因为优长不同而在家庭中形成某种分工,这在经济学上讲是否涉及"相对优势原理"?

欧阳涛回答:没错。

婚姻中存在着这十种交换。

十种交换都存在的,是十全十美的婚姻。

十种交换大多数存在的,是美好的婚姻。

有半数存在的,是正常的婚姻。

只有少量交换的,是破裂的婚姻。

任何交换都已不存在的婚姻,是死亡的婚姻。

爱情是理想,婚姻是现实。

三　当婚姻流失了爱与性

婚姻中的十种交换,最容易丧失的是两头。一头,性和爱没有了。许多男人成功后，不管多么顾念家庭，性和爱却流失在外。另一头，高端的心理支持与相互尊重也容易缺失。

　　这时，一直坐在一边的田静插话道：我认为欧阳老师刚才对婚恋的十种交换总结还不够全面。

　　欧阳涛一笑：什么意思？

　　田静说：现在有一种说法，人要结三次婚。

　　第一次，你是和这个人结婚。这指一眼看到的身高、相貌、学历、金钱、气质之类。

　　第二次，你还要和对方的习惯结婚。因为对方的生活习惯完全有可能和你格格不入。一个小小的饮食习惯合不来都可能产生龃龉。至于起居、社交、工作、待人接物等方面，每个人都有自己的顽固天性，习性合不来，也会导致婚姻解体。

　　第三次，你还要和对方的家庭结婚。这里指父母兄弟姐妹及更广大的家庭文化背景。多少对年轻夫妇因为与两边老人的关系摆不平而吵闹不休，最终导致感情破裂。

　　欧阳涛赞许地点点头：你的意思是……

　　田静说：我讲到与对方的家庭结婚，是说双方还要交换对父母的关心和责任。这一点处理不好，也不会有完美的婚姻。

　　欧阳涛说：家庭是一个责任共担体，需要分担对方的责任，这一点，我原本觉得可以包含在互相帮助、彼此提供保险这些条款中，现在看来也可以单列出来。

　　田静接着说：你讲到婚姻的十种交换，我发现有几个

　　第一次，你是和这个人结婚。

　　第二次，你还要和对方的习惯结婚。

　　第三次，你还要和对方的家庭结婚。

规律。

第一个规律，婚姻交换的十个层次是由浅入深递进的。

譬如第一层次,性,常常是在婚姻之前的恋爱中最先启动的。

接着是宽泛的爱,这种交换也会很快实现。

随着婚姻的成熟,十种交换都将一一实现。

欧阳涛点头。

田静说:但是,对于一个有一定年月的婚姻来讲,我发现这十种交换中,最容易丧失的是两头。很多家庭,夫妻双方只存在中间的那几条，比如金钱与物质的共享互助,生育子女互相依存之类。一头,性和爱没有了。很多夫妻到了三四十岁就没有性和爱可言了，一些男人成功以后不管多么顾念家庭,该做的似乎都做了,性和爱却流失在外。另一头,高端的心理支持、相互尊重也容易缺失。这就是两头交换的丧失。

欧阳涛打趣道:讲得好,不愧是《伊人》杂志的副主编。对这十种交换,我们可以分别研究一下。

不同条款的缺失,会造成不同的婚姻类型。

欧阳涛把目光转向刚才发言的三位女孩：这就回到节目一开始提到的相亲。我曾经写过一篇文章,叫作《相亲不是你的错》，就是告诉那些生活面相对狭小的年轻人,在很多时候不仅不要排斥相亲,相亲还是一种不错的形式呢,起码可以扩大一个人的交友和选择范围。

既然婚姻本身就是一种交换，在相亲过程中涉及一些实际问题也是不可避免的,甚至是合情合理的,大可不必偏激地认为是庸俗,是什么"人肉交易"。

当然,过分强调物质条件也不可取。关键在适度。

四　婚前遭遇男友性背叛

很多婚恋悲剧个案的分析都表明:情感中最大的伤害源于盲目的相信。

谈话结束了。

夏小艾陪欧阳涛来到会客室,综合频道总监曹爽迎上来。

曹爽也算世纪网的元老级人物了,从论坛编辑做起,一路升到论坛副主编、主编,综合频道副总监、总监,基本一年一个台阶。现在刚刚三十岁出头,处事却十分老到,热忱谦逊中透出一点单纯。他很兴奋地连说欧阳老师讲得好,并邀请欧阳涛在世纪网开博客设专栏,为网友解答问题,"所有的技术支持由网站提供"。

欧阳涛调侃地谢绝了这种"免费打工"的做法。

几句闲话之后,曹爽指着坐在一角的漂亮女孩说:她叫梁燕,我大学同学的妹妹,听说欧阳老师在世纪网开讲座,死缠硬磨地央求我一定带她来见见面。

欧阳涛走过去问:找我有事吗?

梁燕一脸焦虑,急切地说:当然有事,而且很急。

欧阳涛看看手表,很温和地说:我今天还有安排,能不能换个时间谈,或者发电子邮件?

梁燕说:欧阳老师,我只求您给我十分钟。我遇到一个迈不过去的坎,想请您给我一点建议。

曹爽说:她刚才跟我说她已经三天不吃不睡了,今天再解决不了问题,她恐怕会自杀的。

欧阳涛稍有些不悦地皱皱眉,他不喜欢和太极端的人打交道。但他还是尽可能耐心地对梁燕说:那好,就给你十分钟。挑最主要的问题讲,能不能解决还不好说。但欧阳老师有个要求,在没有听到我的建议之前不许贸然行动,更不能轻言自杀。这点能做到吗?

梁燕很听话地点头:我听欧阳老师的。

欧阳涛说:好吧,现在讲讲你的故事。

以下是梁燕的故事:

我和男友是五年前认识的。那时我大学刚毕业,因为父母的关系,找到一份很不错的工作,月收入近五千。因为从小喜欢音乐,工作之余常和朋友到歌厅唱歌玩耍,其间认识了他。他小我两岁,那时还在学校读书,高高的个子,很帅气,用女孩子的话说很有些"酷"。是他主动接近我的,我那时还年轻,没接触过什么男孩,很快就接受了这份感情,开始了浪漫的初恋。

不久家人和朋友就知道了我和男友的关系。他们众口一词,全都反对。如今我也能理解他们的苦心。男友的家境可以用"一塌糊涂"来形容,而我的父母在当地都是有头有脸的人物，谁不想自己的孩子成家后过得宽裕些啊。

男友的"酷"也让他们很不放心，担心他是个滥情的人。

我当时也不知道哪儿来的勇气，别人越是阻拦，我越像一只扑火的飞蛾，就是要和男友谈恋爱。男友爱音乐，不少人都说他有这方面的天分，因此大学没读完就辍学了，一心一意要当歌星。我心甘情愿一份工资养活两个人，也不觉得辛苦。后来男友提出想到大城市发展，我连眼皮也不眨就辞掉了工作，陪他到几千里外的北京闯荡。

到了北京才知道世界有多大。我的第一份工作月薪才八百，而租房、煤气水电等生活开支却是家乡的几倍，谋生的压力像块石头天天压在心上。

除了经济上的窘迫，精神上也很孤单。

我那时什么都不图，只是为了这份感情。

男友到北京后一直四处游荡，找人托关系，晚上到酒吧唱歌，干得挺辛苦。因为唱得好，渐渐有了点名气，演出机会也多起来，有了一些收入，可就是得上夜班。他这种晨昏颠倒的工作使我俩的交流时间越来越少，我每天晚上七点多折腾到家，他才刚出家门。按说他下班凌晨两三点，可他总说要找人吃夜宵商量事，往往天亮了才昏昏沉沉地回家。每当我抱怨他回家太晚，他就会一脸为难，说想在艺术圈混，凭的全是关系。

这样的日子好不容易熬到尽头。半年前，他正式签约一家著名的唱片公司，并为他出了第一张专辑，卖得还不错。公司准备进一步投资,把他打造成情歌王子。

我们一边共同憧憬着未来,一边觉得到了结婚的时候。

事情就出在两个月前,听朋友说,他和一个在酒吧唱歌的女歌手走得很近。问他,他一口咬定只是一般朋友。我没拿到男友出轨的实证,内心深处也不想让这种假设成真,也就作罢。谁知上个月我上网时顺手查了两人的手机单,才看了几眼就惊出一身冷汗。

男友每天都和另一部手机密切联系,单短信一个月就发了几百条!

这天我整夜没睡,男友一进家门我就与他对质。气恼之下两个人大吵了一架,我拿着自己的衣物到外面借住了一个星期。男友反复打电话求我回家,我也不争气,左思右想,放不下惦记他的这颗心,还是让他接回了家。

重回二人世界,我想说服自己尽量忘记这段不愉快。

但那件事后我刻薄了许多,只要他的手机一响我就会心烦;听他收到短信,恨不得一把抢过来读里面的内容。"人心隔肚皮",我不敢再相信他,不知道他是否会重蹈覆辙。想起自己几年来风里来雨里去地上班打工供他吃穿住,不仅苦着自己挖着父母还借了不少外债,可是他刚唱出点名气就背着我和别的女孩在电话里卿卿我我,我实在接受不了。

欧阳涛问:男友现在还和那个女孩来往吗?

梁燕说:这就是我接下来要说的。半个月前公司派我出差,因为事情办得顺,我提前两天就回来了。回来时留了个心眼,想看看我不在时他怎么生活,也想悄悄到家给他一个惊喜。结果一进门,正撞上他和那个女孩抱在一起。我当时就蒙了,又哭又嚷的差点疯掉。他肯定被我的样子吓坏了,再三保证绝不再和那个女孩来往,但我再也不会相信他。

欧阳涛问:你现在的打算呢?

梁燕说:这几天脑子里一直很乱,找不到两全其美的办法。想分手,又觉得分手就成全了他们,我会冤死。可是不分手,我想起来就会生气,就会心堵。最绝望的时候我偷偷准备了一桶汽油,想哪天在家里把门锁死放一把火和他同归于尽。

欧阳涛问:除了死,还有其他解决方法吗?

梁燕说:我也想过,假装原谅他了,然后办一场超大型的婚礼,搞得越热闹越好,把他的朋友和各路媒体能请到的都请到。在婚礼上我要当着所有人的面撕破他的脸,谴责他忘恩负义,然后宣布和他离婚。

欧阳涛说:你这样怨气冲天可以理解,因为你曾经付出过很多。

梁燕说:过苦日子的时候,他海誓山盟要一辈子对我好,要好好报答我。最气人的是,自己这几年竟然一点防范都没有,完全信了那些好听话。

这时,坐在一边的夏小艾对梁燕说:过两天我们还有一期讲座,主题是"当男人背叛女人,怎么办",你愿不愿意让欧阳老师在讲座中对你的故事分析一下,帮你打开心结,出出主意?

过苦日子的时候,他海誓山盟要一辈子对我好,要好好报答我。最气人的是,自己这几年竟然一点防范都没有,完全信了那些好听话。

梁燕咬着嘴唇想了想说：好。

五　激情的诱惑与冲动的惩罚

婚恋中我们唯一能够完全相信的是"现实规律"，简单讲，它就是大于、等于、小于这些数学关系。

两天后，欧阳涛如约来到嘉宾聊天室，进行第二次"婚姻诊所"讲座。

梁燕早已一脸焦灼地等在那里。

夏小艾先让梁燕讲了自己的故事。

然后是欧阳涛与梁燕的对话。

欧阳涛说：听了你的故事，感觉你受到的最大伤害，在于完全相信了男友在激情中对你的承诺，包括他曾经做出的海誓山盟，对吧？

梁燕点头：是。

欧阳涛说：可是，如果允许我分析，这叫咎由自取，因为你犯了观念上的错误。

梁燕有些吃惊：什么叫观念上的错误？

欧阳涛说：所谓观念上的错误就是盲目相信。第一，正确的婚恋观念是绝不能完全相信激情。

梁燕问：完全不信吗？

欧阳涛说：不是完全不信，而是不完全相信。

正确的婚恋观念是绝不能完全相信激情。

第二，正确的婚恋观念同样不能完全相信恋人在激情中做出的种种允诺。既不能完全相信别人的允诺，也不能完全相信自己的允诺，包括不能完全相信海誓山盟。

梁燕看着欧阳涛，理解着他的话。

欧阳涛说：第三，正确的婚恋观念尤其不要完全相信甚至基本上不应该相信流行歌曲中描绘的美妙图景。你的男友一定唱过很多"一生只爱你一个"的歌曲，但那不是生活的真实。

第四，正确的婚恋观念也不能完全相信彼此的道德自律。

按照你的介绍，你的男友并不是没有道德自律的人，但事实证明，道德自律并不能解决一切问题。对道德的作用只能有所相信，不能完全相信，因为自律从来都是有限度的。

梁燕问：那我应该相信什么，相信社会的道德公义？

欧阳涛说：道德舆论对人有制约作用，可以相信它。但这也是有所相信。如果完全相信它的作用，又是与事实相悖的。

梁燕说：那天下还有没有可以完全相信的东西呢？

欧阳涛说：当然有，那就是现实规律。

他接着对这句话注释道：我们可以保留种种对于生活与爱情的理想，但我们能够完全相信的只有现实规律。

梁燕有些迷惑：我不大理解"能够完全相信的只有现实规律"这句话的含义。

欧阳涛说：你上学期间一定学过数学，初中数学课本

不能完全相信恋人在激情中做出的种种允诺。既不能完全相信别人的允诺，也不能完全相信自己的允诺，包括不能完全相信海誓山盟。

正确的婚恋观念尤其不要完全相信甚至基本上不应该相信流行歌曲中描绘的美妙图景。

不能完全相信彼此的道德自律。

我们能够完全相信的只有现实规律。

里讲过大于、小于、等于。简单讲，现实规律就是大于、等于、小于这些数学关系。

人做任何事情都会有动力的一面，即做这些事会给自己带来的享受、快乐、收获。人做任何事又有阻力的一面，譬如做这件事要付出的代价、损失，包括精神上的种种支出。动力大于阻力，乃行。动力小于阻力，乃止。动力与阻力相等，就会进退犹豫，行止不决。

譬如，你决定和男友相爱并且准备结婚，也是大于、等于、小于号运算的结果。

你和男友的关系肯定有感情的原因，实际的考虑，对未来的憧憬，然而，你心中也会有反对的声音出现，耳旁也会有反对的声音劝阻。

梁燕说：父母一直是不同意的，觉得找一个唱歌的靠不住。

欧阳涛说：总之，在你自己和周边环境中，有支持你这样做的动力，又有反对你这样做的阻力。动力大于阻力，你会决定和他相爱并且结婚。

梁燕问：这和我目前的处境有什么关系？

欧阳涛说：你的愿望是男友对你永远忠诚，他本人也对你有过种种允诺与海誓山盟，然而，能否做到并不完全取决于这些允诺与誓言。

梁燕说：莫非可以说话不算数吗？

欧阳涛说：俗话说，说出去的话，泼出去的水，任何允诺说出来就对允诺者有制约作用。然而，又不能完全相信允诺，因为任何话语的制约作用都有一定限度。

男友虽然可能很爱你，但是当他遇到另一个可爱的女孩向他示爱时，受到诱惑，有所心动，也是不可避免的。

梁燕说：这就是现实吗？男人都这样吗？

欧阳涛说：这是现实的一部分。不仅男人这样，女人也这样。

当你的男友动心之后，有可能过渡为行动。这时候是否迈出这一步，也是由一个大于或小于、等于号决定的。

他决定和别的女孩迈出这一步的动力不用说，是感情冲动。

那么，制约他的阻力有哪些呢？

一、他曾经对你的允诺与海誓山盟。他肯定希望瞒着你。如果确知这件事的后果，他大概不会迈出这一步。

二、人的道德感或高或低，多少都会有。做了崇高的事，自我感觉愉快。做了有损道德的事，心生歉疚，会有些许不安，这是制约你男友的第二个原因。

然而，根据我对当代人婚恋心理的研究，发现这一点在很多男人身上作用有限。

三、更大的制约力量来自和你关系的实际利害。也就是说，和你的关系或者婚姻对他而言是一种生存利益。他的出轨若伤害了这种关系，代价会相当大。

这是很多男人在感情上别有他求时会非常顾忌的一面。这不是道德的顾忌，是利害的顾忌。当他认为妻子或恋人不知情时，顾忌消失，行动便发生了。

四、社会道德舆论的制约。

很多男人之所以面对感情诱惑比较谨慎，说穿了是

男友虽然可能很爱你，但是当他遇到另一个可爱的女孩向他示爱时，受到诱惑，有所心动，也是不可避免的。

怕丢脸,怕失去名誉。这是社会道德舆论审判所形成的制约。

还可以列出五、六、七、八各方面的制约力量,因人而异。

无论怎样的情况,都是现实规律在起作用。任何感情冲动都可能导致行动;只有当制约力量大于诱惑冲动时,行动才被阻止。

梁燕问:欧阳老师,能告诉我你的结论吗?

欧阳涛说:如果你的男友是个比较成功的男人,他面对的感情诱惑会比较多,出轨的心理冲动现在有,今后还可能会有,这时全看他的道德自律、家庭婚姻的现实利害、社会的道德舆论等等制约因素能不能制止。动力大于阻力,行动发生。动力小于阻力,行动停止。

这次你和他大闹了一场,他已经明确了自己要付出的代价。

今后如何行动,他要在这个新情况下作出判断。

无论怎样的情况,都是现实规律在起作用。任何感情冲动都可能导致行动;只有当制约力量大于诱惑冲动时,行动才被阻止。

六　玩不起的婚外情

成本核算是人类一切行动中都要遵循的规则,人做任何一件事都会受到成本核算规律的支配。

见欧阳涛的解析告一段落,主持人夏小艾开始提问。

夏小艾问：欧阳老师，你刚才讲到人在行动时动力与阻力的对比，说穿了就是经济学讲的成本与收益的核算，是不是这样？

欧阳涛点头：是这样。成本核算是人类一切行动中都要遵循的原则，大至一个国家，中到一个企业，小到一个人。拿国家来说，它对外对内采取一项政策行动，肯定会考虑到利弊两方面，也就是这个行动的收益和成本，收益大于成本，才干；收益小于成本，就不干。企业更是这样，几乎每天都要进行成本核算，合算的项目才会去做，不合算的项目就放弃。

人也一样，他做任何一件事都会受到成本核算规律的支配。

譬如，刚才讲到男人在两性关系上出轨，许多出轨的念头之所以没有转化为行动，有人是怕老婆闹，说穿了是怕影响家庭；有人怕丢脸，是怕社会道德舆论剥夺他的名誉；有人怕影响官运或其他人生事业；当然，也有人因为良心不安。

说来说去，觉得不合算，就不干了。

夏小艾问：有些男人感情出轨毁了家庭，毁了个人前途，也会后悔。对于他来说，明明是亏本的行为，为什么还要做？

欧阳涛说：是否亏本，往往是事后才看出来的。

就像许多企业做了亏本买卖一样，是因为事先看不到这个生意的收益小于成本。说白了，大至国家，中至企业，小至个人，都有算错账的时候。

成本核算是人类一切行动中都要遵循的原则，大至一个国家，中到一个企业，小到一个人。

做任何一件事都会受到成本核算规律的支配。

夏小艾问：可是，人的感情问题和国家制定政策、企业规划生产销售终归还不能相提并论，人常常是感情一冲动就行动了。感情的事情往往事先不会有什么理智计算，很少有人在感情行为之前精打细算。

欧阳涛微微一笑：人在感情冲动时会完全不过脑子吗？

夏小艾有些踌躇。

欧阳涛说：再激情的行为，人们都有可能在其行动前有瞬间的犹豫，或者几乎不易觉察的内心冲突，如"我这样做行吗"之类的。那一瞬间，人的直觉已经做了成本核算与决定。

譬如，一个男人在出轨之前，一瞬间可能掠过这犹豫那担忧，然而，内心可能会跟着一句独白：管他呢。这就是此时满足激情的需要占了上风。对激情的满足也是一种强有力的心理需要，是一种要实现的收益。

夏小艾说：激情的满足，常常只顾眼前利益吗？

欧阳涛说：在激情中，人经常会算不清眼前利益和长远利益的关系。企业不理性时，顾了眼前利益，丢了长远利益，做了赔本买卖，这样的例子不也比比皆是吗？

夏小艾说：那么，女人要保护家庭，是不是应该增加对男人的监督与制约？譬如，梁燕就该让她的男友知道，自己的出轨随时可能被女友发现，而且绝对得不到原谅。这样，他对自己的行为要付出的成本就有了明确概念，他就会受到约束，是不是这样？

欧阳涛点头：一方面可以说是这样，另一方面又可能

再激情的行为，人们都有可能在其行动前有瞬间的犹豫，或者几乎不易觉察的内心冲突，如"我这样做行吗"之类的。那一瞬间，人的直觉已经做了成本核算与决定。

在激情中，人经常会算不清眼前利益和长远利益的关系。

产生相反的效果。

现实情况大家都知道，绝大多数男人面对妻子或女友的过分管制，都有强烈的逆反。所以，这一看来保护家庭和感情的措施，常常又是破坏家庭和感情的重要原因。这里的分寸很难拿捏。

说到这里，欧阳涛笑了一下：这对女人来讲是一项高技术。

梁燕也笑了。

夏小艾调皮地问：欧阳老师，能把这种技术传授一下吗？

欧阳涛说：我的分析主要是让当事人认清自己的处境和心理特征，认清婚恋方面的现实规律。至于具体的技术问题，一要因人而异，二要靠自己去掌握、去摸索。

夏小艾说：你刚才讲到男人在出轨之前受到的制约，有道德自律，有对家庭的顾忌，有对社会道德舆论的顾忌，大概还有很多涉及个人利害的考虑。感情的满足是他要获得的收益，这些顾忌是他将要付出的成本。成功的男人肯定受到的诱惑更多，机会也更多，那么，他出轨的可能性是否也更大？再说得实际点，找这样的男人对女人来讲是不是更不安全？

欧阳涛说：你既然提到了行动的冲动与行动受到制约这样两方面，那么还要从两方面来作判断。

一个人因为成功受到女性青睐，感情的诱惑自然会多，然而，如果他自律更强，或者他的职业事业对他的制约更有力，那么，对于女人来讲，他完全有可能是一个既

绝大多数男人面对妻子或女友的过分管制，都有强烈的逆反。所以，这一看来保护家庭和感情的措施，常常又是破坏家庭和感情的重要原因。这里的分寸很难拿捏。

这对女人来讲是一项高技术。

一个人因为成功受到女性青睐，感情的诱惑自然会多，然而，如果他自律更强，或者他的职业事业对他的制约更有力，那么，对于女人来讲，他完全有可能是一个既成功又比较安全的人。

成功又比较安全的人。举个例子，在西方一些国家，社会对政治家道德操守的要求几近圣人。一个男人成为政治家之后，在感情方面的制约会相当大，行事自然会谨慎得多。相比之下，演艺明星就少了许多顾忌，有时绯闻不断还是一种自我炒作的方式呢。

夏小艾说：在中国呢？

欧阳涛说：在哪里都一样。同样是成功者，有的道德自律高一些，有的道德自律低一些。有的因为职业原因，比如大学教授的感情生活太随便，弄得满城风雨肯定不行。相比之下，有些暴发户包二奶可能就不想那么多。

夏小艾说：要找一个又成功又有道德自律的男人是很难的事情。怎样判断一个人的道德自律？倒是职业的制约很实际。这样说来，不妨按职业划分一下安全的男人和不安全的男人。

欧阳涛笑了。

夏小艾说：我在书上看过一个故事。古罗马有一个残暴的皇帝，处罚犯人时，要将他带进一个城堡，通道两边各有一个小门，让被处罚者左右任选一个。一个门走进去，他将得到一个美女为妻。另一个门走进去，里面是一头饥饿的狮子。一个被公主爱恋的年轻人得罪了皇帝，也将受到这样的处罚。公主就面临一个抉择，她有办法告知年轻人左右两门各是什么前途，但她是告诉还是不告诉呢？

欧阳涛说：我明白你的意思了。

夏小艾说：每个女人都面临这样的选择。如果帮助自己的爱人成功,会把他送到其他美女那里去。如果想安全地占有他,可能就得让他停留在平庸中。

欧阳涛说:换句话说,男人不成功你不爱,男人成功了你可能爱不上。

夏小艾一指梁燕:我们现在关心的是如何帮助梁燕解决问题。

每个女人都面临这样的选择。如果帮助自己的爱人成功,会把他送到其他美女那里去。如果想安全地占有他,可能就得让他停留在平庸中。

换句话说,男人不成功你不爱,男人成功了你可能爱不上。

七　你愿意为爱情冒多大风险?

再一次重申,我们完全相信的只能是现实规律,是那些由大于、等于、小于号连接起来的公式。

夏小艾再一次把话题交给欧阳涛。

刚刚与夏小艾的这番对话,使欧阳涛有些兴奋,他喜欢这种看来挑剔的现场发挥。

他停顿了几秒钟,对梁燕说:经过我们的一番梳理,你肯定对自己的处境看得更清楚了。你曾经说准备采取两种极端行动,一种,与男友在生命上同归于尽;一种,与男友在情感上同归于尽。然而,你之所以来这里做节目,表明你还是有些犹豫的。

梁燕点头。

欧阳涛说:既然犹豫,表明你在相当程度上还想保留与男友的关系,不管这种保留有多大。现在我能告诉你的是,你的男友:一、过去不知道自己出轨会付出这样大的代价;二、你的痛苦一定也让他产生了内疚;三、他对以后再做此类事将付出的成本有了清醒一点的认识。这三点会形成一种制约,是对你们未来关系的一种保证。

梁燕问:这就能保证吗?

欧阳涛说:只能是一定程度的保证,天下没有完全的保证。

梁燕说:还是你说过的不能完全相信,是吗?

欧阳涛说:我再一次重申,我们完全相信的只能是现实规律,是那些由大于、等于、小于号连接起来的公式。

梁燕问:如果我原谅了他,他以后再做这样的事伤害我呢?

欧阳涛说:往下的问题要自己回答了,这种可能性是存在的。你只能尽量减少这种可能性,不可能完全消灭这种可能性。你现在要做的是,审视一下自己的内心,看看能不能正视这种不安全因素。

梁燕低下头想了一会儿,踌躇地摇了摇头。

欧阳涛说:那我劝你和男友分手算了。

梁燕抬起头:欧阳老师,您能不能给我一句明确的结论,他再次出轨的可能性到底多大?

欧阳涛这时瞥见夏小艾微微摇头,示意他不要讲。他知道,在公开场合讲话和私下谈话大不一样,尤其不可直截了当承担责任。然而,他对自己接下来要讲的话有把握。

欧阳涛说:按照我的经验,随着你的男友事业越来越成功,他受到的诱惑会越来越多,再加上你们彼此关系的种种实际情况,譬如感情会越来越平淡,类似事情的出现,可能性不是很小的……对这真实的前景,你一定要有思想准备才行。

男人随着其事业的越来越成功,受到的诱惑会越来越多,而他与女友或妻子的感情却会越来越平淡,因此其出轨的可能性有可能日益增加。这一点女人要有思想准备。

男人随着其事业的越来越成功,受到的诱惑会越来越多,而他与女友或妻子的感情却会越来越平淡,因此其出轨的可能性有可能日益增加。这一点女人要有思想准备。

八　深夜到达的电子邮件

婚恋是人类将长久面对的一个问题。

欧阳涛回到家已是深夜。

每天晚上睡前收信,是他几年来不变的习惯。

欧阳涛打开电脑。十几封来信,他一封封浏览着,没有很重要的事,有朋友问候的,有通知学术活动的。

一封邮件引起他的注意,是一个未曾谋面的"小朋友"发来的。

尊敬的欧阳老师:

你好! 一直关注着与你相关的所有信息。

在世纪网同期收看了"婚姻诊所"的两期讲座,

感觉像和你面对面谈话那样亲切。而在之前我是有一点紧张的,怕自己会失望。

你讲得很精彩,没有让我失望。

为了我没有失望而谢谢你。

我会每期都准时在线等待着你的谈话。

晚安!

丫丫

丫丫是欧阳涛在网上认识的女孩,几年来时有通信。

现在,她不仅看了自己的节目,而且很满意,这让欧阳涛很受用。

"为了我没有失望而谢谢你",很有趣的说法。她为什么会这样说?刚与这个小姑娘通信时她还在上大学,现在该找到工作了吧? 她会在哪个城市工作?

另外,作为一个男人,他很自然地猜想着:丫丫长得漂亮吗?

贰　　　婚恋真相

一　爱你与你无关

　　天下没有纯粹的爱情。爱情是一种化合物。人一定要搞清
楚自己为什么爱。

　　"婚姻诊所"几期节目一播出,网上一片争议。不少媒
体辟出专栏讨论相关话题,欧阳涛更常常接到记者的采
访电话,原本宁静的学者生活被打乱了。

　　对这种变化欧阳涛说不上好,也说不上不好,只觉得
需要适应。

　　这天下午,他打算下班后去书店转转,顺便买几本
书。走出办公室,却见田静迎面走来,不由分说地约他出
去,说一帮朋友相聚,一定要请上欧阳涛。

　　对于田静,欧阳涛一直有些另眼相待,这是因为和她
的一点特殊关系。

　　田静的姐姐田莉是妻子雅雯的好友,说妻子现在已

不恰当，一年前他和雅雯协议离婚，但至今仍有书信来往，偶尔也会通通电话。

从一个外省的青涩女孩成长为京城小有名气的时尚杂志副主编，从住地下室开始奋斗，现在不仅有了自己的住房，而且贷款买了车，这些年欧阳涛看着田静一步一个脚印地成长，知道她每走一步付出的艰辛，因此总对她多加关照。田静也因为姐姐和雅雯的这层关系，一直以小妹妹的姿态与这位受人尊敬的学者相处。特别在欧阳涛离婚之后，两人关系中又有了一点过去没有的东西。田静似乎更拘谨了一些，又更亲昵了一些。

也许是刚买了新车想炫耀一下，田静坚持让欧阳涛坐自己的车。欧阳涛也觉得正好可以在路上说说话，遂不再坚持自己开车。车走在路上，欧阳涛一直有点担心地观察着田静的驾驶动作和前面的路况，走了一阵，才放下心来，很夸张地赞叹了几句，说田静是个能干女孩。

对于欧阳涛的夸奖，田静当然高兴，但高兴之余又叹了口气，露出一点小姑娘的神情，说北京太大，人海一般，想出人头地难上加难。

欧阳涛对这类话头很敏感，一般不再接话。

按照时下的观念，四十来岁的欧阳涛算得上钻石王老五，是令许多女孩心仪的男人。但由于经历过一次婚姻，他对再一次涉入慎之又慎，对来自女孩的各种信息常常表现出一脸愚钝。他知道田静一直暗恋着自己，自己也喜欢这个女孩。但这种喜欢与导致婚姻的爱情还差得很多。田静能干，放到哪里都是一把好手，但因为出身背景，她身上缺少一点大城市女孩的开朗和浪漫。说白了，田静考虑问题太务实。而这，是欧阳涛所不喜欢的。能够吸引欧阳涛的女孩，除了美丽，除了要有面对生活的实际能力，还必须有一点浪漫和情调。

车在中关村一带七拐八拐，钻进一条胡同，在一个不起眼的门脸前停下，门廊上写着"春来茶馆"。

两人走进去，里面早已候了一干人，欧阳涛一下笑了，大都是熟人。

除了世纪网的夏小艾、曹爽和几个媒体记者，还有一个叫苏克勤的中年女人。

苏克勤三十多岁，目前也算得上京城较有影响的心理学家，两年前自己创办了一家心理咨询中心。因为对客户的需求，常常参加媒体活动，在多家报纸辟有专栏，也被世纪网女性频道聘为专家，在网站的"每日情感连线"客座主持，解答网友提问，有时也会参加欧阳涛的节目。

待服务生将茶水干果饮料端上来之后，一伙儿人开始议论起欧阳涛这一阵开讲的"婚姻诊所"。

曹爽先说起前几期"婚姻诊所"在网上的反响。除了点击量高，赞成和反对的帖子也不少，最后形成两大阵营：挺欧派和倒欧派。两方颇有点势均力敌，挺欧派有时略胜一筹。曹爽说到这儿嘿嘿一笑，这当然跟世纪网相关专题编辑的制作导向有关。纸媒也在跟进，邀请专家学者发表意见，引发的争论更加热闹。眼下看来，主流媒体上反对的声音似乎占了优势。不少有头有脸的人写文章发表高论，指责欧阳涛的言论玷污了纯洁高尚的爱情与婚姻。苏克勤这时拿出几张报纸，上面登有批判欧阳涛观点的文章。有些文章欧阳涛已经看过。

田静说：现在有不少人发表文章，批驳欧阳老师的观点太片面。婚姻虽然有现实的考虑，但不管怎样说，爱情应当是纯粹的，不应把那么多利害考虑放在其中。把婚恋纳入成本收益计算范畴，更是对爱情的亵渎，破坏了人类最美好的一处精神家园。

苏克勤说：看来，要让主流文化跟上欧阳老师的思想还真不那么容易。

欧阳涛不以为意地一笑：我现在一听这些道貌岸然的爱情言论，就觉得一股子骗局味道。

田静说：不过，在媒体上发言还要周全一些，不能让别人觉得你在反对纯粹的爱情和爱情的纯粹。

欧阳涛说：我恰恰为了保护纯粹的爱情和爱情的纯粹，才说明有很多不纯粹的东西总要掺和进来。天下哪有那么多的纯粹？自然界中纯粹的东西常常很难单独存在。

世界上有一种爱，就是父母对子女的爱，你们是不是认为它比男女之爱更纯粹一些，更少利害考虑？

苏克勤说：一般是这样，父母对子女的爱常常比其他爱更纯粹，为了子女，父母可以牺牲一切。

欧阳涛却摇头了：要我说，父母对子女的爱也会掺杂其他因素。完全无私的父母之爱有吗？肯定有。连动物界都有，为了护崽，公兽母兽不惜一切代价做出牺牲的有的是。

然而，纯粹的东西总会化合上、混合上不纯粹的东

恰恰为了保护纯粹的爱情和爱情的纯粹，才说明有很多不纯粹的东西总要掺和进来。天下哪有那么多的纯粹？自然界中纯粹的东西常常很难单独存在。

西。

现在农村人为什么要生那么多孩子？最常见的回答是，缺劳动力呀，老了没依靠啊。在父母热心抚育子女的所谓"爱"中，其实掺杂了把子女当作劳动力的实际考虑。

苏克勤说：这对于那些缺乏生活保障的人群来讲是难免的。

欧阳涛说：即使生活有保障，有医疗保险，为什么很多城里人也会说，没有子女，老了生病没有人管？现在一些年轻女性二十多岁时不着急，三十多岁了却急着结婚生子，有一个原因，就是对老年没有子女照顾的恐惧。孩子还没出生，已经掺杂上了种种实际考虑。

苏克勤说：那再撇开这一点。

欧阳涛说：要撇开的东西多了。孩子考中学、考大学，考得不理想，有些家长觉得抬不起头来，说让我怎么见人啊？这种爱是不是又掺杂了自己的虚荣？孩子考得好不好，家长在意的不仅是孩子的前途，还在意自己的面子，这种爱纯粹吗？

田静说：欧阳老师说得有道理。

欧阳涛说：还有，有的人自己人生不怎么成功，就在孩子身上找补偿。从小对孩子高要求严督促，恨不能让孩子处处争第一。许多过苛的家教与其说是为了孩子的未来，不如说是希望用孩子的成功为自己证明点什么。

苏克勤说：我在咨询中也经常遇到这样的父母。

欧阳涛说：你们看，最无私纯粹的父母之爱都可能掺杂这么多其他因素。我一条条摆出来为的什么，丑化家长吗？不是。很多家长教育孩子陷入误区，就是没有从孩子的角度出发，那种唠叨式、数落式甚至打骂式的家教非但没有教育好孩子，反而常常毁了孩子。只有等他们明白了自己的种种心理动机之后，对孩子的教育方式才会走上正轨。

我讲婚姻是交换，讲明这里的种种实际因素，为的是人们少犯傻，少自设地狱，少痛苦。

曹爽说：是不是可以这样概括一下，父母对子女的爱，纯粹的成分有，掺杂上种种实际的利害考虑也有。对婚姻也可以这样分析，有纯粹的爱，还有种种其他实际的利害因素。

田静说：甚至可以把婚姻和爱情剥离开。起码那些没有涉及婚姻的爱情行为，纯粹的爱情有可能占主要地位。

欧阳涛说：那好，我们就来分析一下不涉及婚姻的爱情行为。譬如两个人一见钟情了，可能远未涉及婚姻，那时的爱情纯粹到什么程度呢？

他会因为什么爱对方呢？

曹爽说：第一，可能会因为对方漂亮、俊美，因形象、体魄之类爱上他。

欧阳涛说：这种爱可能很纯粹。第二呢？

田静说：可能会因为对方气质幽默、谈吐潇洒之类爱上他。

欧阳涛说：这好像也很纯粹，是对对方的职业、身份都毫无了解的情况下产生的好感。第三呢？

田静说：可能因为对方的成功而爱上他。

欧阳涛说：这就很现实了。成功男人引起女性的爱恋，是司空见惯的现象。当然你也可以说，这种爱还是纯粹的，因为我并没有想到和他结婚，甚至根本不想和他结婚。我只因为他成功而爱他。

第四，对方的成功可能表现为有名有利，那么，这种爱会不会有追求名利的成分呢？

田静说：有的人会有，有的人可能没有。金钱证明你的成功，但是我家境好，收入也不错，并不需要花你的钱。

欧阳涛说：先死死地划清这条界限，很好。可是我还要问，你爱上一个成功的男人，或者不一定成功但很俊美、很有魅力的男人，当你将他带到亲朋好友面前时，别人的羡慕让你感到骄傲和满足，你因为骄傲和满足更增添了爱。这增添的成分是什么呢？

如果增添的成分成了爱的主要源泉，这种爱又是什么呢？

曹爽说：按你的意思，爱对方完全可能掺杂个人的虚荣。

欧阳涛摇头：说虚荣太负面，说自尊与光荣大概比较妥当。

这样，纯粹的爱已经掺杂了不纯粹的因素。根据我的观察，有些爱情模式能够维持多年，恰恰由于这种心理刺激。换句到位的话，那种纯粹的爱倒是激情难以长久，而文化环境刺激所引发的心理满足却可能更持久有力。

田静说：这种分析是很到位，但对一般人是不是深奥了些？

欧阳涛说：一点都不深奥，只不过伪道学遮了一些人的眼。

又比如，你对一个人的爱本来可能很一般，甚至在爱与不爱之间，然而，当有其他人追求这个人时，你受到刺激，就疯狂地爱上了。《飘》里的郝思嘉就是如此，别人爱的她才爱；一旦夺过来了，别人放手了，她也不爱了。这又是为什么？

曹爽说：爱情容易受到刺激，越是得不到就越宝贵。

欧阳涛说：这样分析才会越来越深刻。

即使那些看来最不考虑金钱、地位等实际利益的爱情，也掺杂了很多与爱无关的东西。

人是文化动物，我们爱一个人，不仅要连同他的穿着、相貌一起爱，常常还会连同他的成功和光荣一起爱。更进一步，还会连同他的环境、背景以及种种相关因素一起爱。你爱的女孩有别人追求，与你有何干系？可是，正因为有很多人追求她，你可能更爱她了。

这就说明爱的复杂性。

欧阳涛调侃地笑了一下：再说一个似乎已经说滥了的格言，婚姻是爱情的坟墓。这句话不好听，也有点夸张，但里面有一个道理，婚姻常常使感情失去激情成分，变得平平淡淡。我认识一个女孩，和男友恋爱时，父母一直反对，两人爱得昏天黑地。后来父母同意了，也结婚了，彼此感情反而变得平淡无奇。

曹爽说：有的人在扮演第三者时和对方缠绵不已，一旦对方离了婚和自己组成家庭了，关系合法化了，激情马

你对一个人的爱本来可能很一般，甚至在爱与不爱之间，然而，当有其他人追求这个人时，你受到刺激，就疯狂地爱上了。

即使那些看来最不考虑金钱、地位等实际利益的爱情，也掺杂了很多与爱无关的东西。

上消失,很快厌倦。

欧阳涛说:这些例子说明什么?说明人还会因为各种无端的刺激而恋爱。得不到的爱,得到的不爱。偷来的爱,合法的不爱。尝禁果爱,一旦可以敞开吃了,不爱。

所谓纯粹的爱中有很多复杂的心理文化因素。

所以,人一定要搞清楚自己为什么爱。

为了对方的青春美貌爱,青春美貌消失,爱消失。为了对方的金钱爱,金钱消失,爱消失。为了光荣或者虚荣爱,光荣和虚荣消失,爱消失。因为得不到对方而加倍地爱,得到了,加倍的爱消失。因为偷尝禁果而激情地爱,禁果可合法食用时,激情与爱消失。

几个人正谈得热闹,夏小艾的手机响了,她起身到外面接电话。再进来时,脸上多了点焦虑。

田静问:有事吗?

夏小艾说:刚接到总编助理的电话,说"婚姻诊所"中欧阳老师对梁燕的分析,被我们的竞争对手千户网断章取义做了专题,把梁燕的男友扯了进来,还捕风捉影地公布了第三者的姓名,好像是个歌坛新人。听说现在好几家媒体追着梁燕的男友采访,想挑点事做新闻。第三者的经纪人似乎也想把事情闹大,提高她的知名度。还有人放风,说梁燕的男友认为世纪网和欧阳老师侵犯了他的名誉权,要和我们打官司索赔呢。

苏克勤说:打官司怕什么,正好可以扩大节目的影响。

曹爽说:问题不那么简单。媒体最不愿意打官司。一

人一定要搞清楚自己为什么爱。

且惹上官司，主管部门会注意，万一被人抓了小辫子，节目被叫停也不是不可能的。真到了那一步，咱们策划老半天的辛苦可就泡汤了。好在梁燕的哥哥是我同学，我晚上回家先给他打个电话，让他帮忙从中协调一下。

田静也表示同意："婚姻诊所"虽然是咱们共同策划的，但只有曹爽和夏小艾在世纪网上班。万一节目被叫停，网站会觉得曹爽和夏小艾给公司惹了麻烦。如果官司打输了，还要赔偿，对他们两人的前途不利。

夏小艾不屑地说：我倒不怕，大不了不在这儿干了。

曹爽说：问题可能没那么严重，许多起诉打官司的说法不过是虚张声势的炒作。不过咱们也不能掉以轻心，好不容易争来这块阵地，还等着它发挥作用呢，可不能轻言放弃。

他又把目光转向欧阳涛：欧阳老师，说说你的意见？

欧阳涛想了想，说：许多危机的处理就看人的把握，危机常常也能化为时机。处理这类事我有个经验，不能火上浇油，更不能硬碰硬。今天在座的媒体朋友看有没有人能和梁燕的男友说上话，先探探他的口气。如果他还想挽回和梁燕的关系，自然不会把事闹得太大。毕竟当初是梁燕自己找上门来的，况且节目直播是事先通过气的。

二 真话游戏

一个人的婚恋观念必然和他的婚恋处境相联系。这里有肯定自己的规律,平衡自己的规律,宣泄自己的规律,提醒自己的规律,掩盖过失的规律,忏悔自愆的规律。

这天下午,"婚姻诊所"讲座结束后,几位策划人齐聚世纪网,对前一段工作进行小结,并商讨下一步的话题及各方协调。因为节目越来越受到舆论关注,大家都很兴奋。正事商量得差不多了,几个人仍余兴未已。

夏小艾提议,接下来的谈话以"真话游戏"的方式进行。

所谓"真话游戏",是 BBS(电子公告栏)上很流行的一种聊天方式,甲提出一个问题,乙要如实回答;乙再提出一个问题,丙同样要讲实话。就像台湾学生玩的"真心话大冒险"游戏一样。有些 BBS 论坛一个话题可以接好长好长的帖。

田静、曹爽、苏克勤都一笑提起精神来。虽然都是熟人,但面对游戏规则仍不免有点紧张,怕上家会给自己提让人尴尬的问题。

夏小艾在提议之初原本担心欧阳涛对游戏的形式反感,觉得太小儿科,没想到欧阳涛倒非常爽快地答应参加游戏。

欧阳涛说：我们之所以提倡以真见真，就是为了深入大千世界的真相。如果我们连自己的内心都不敢进入，就更难以了解他人的内心活动。切忌假话，是"婚姻诊所"的宗旨。

我一直认为，真诚待人不仅是一种品质，而且是一种生活质量。

夏小艾说：真诚待人是一种品质，这好理解，但把它上升为一种生活质量，好像还不多见。

欧阳涛笑了：说真话当然是生活质量的重要内容。举个玩笑点的例子，当皇帝的对哪个大臣不满了，想训斥就训斥，想雷霆大怒就雷霆大怒，他敢说真话。可是臣子对皇帝不满了，敢说真话吗？不敢。当皇帝痛快，当臣子不痛快，这无疑表明皇帝的生活质量高。在日常生活中也一样，敢说真话，能说真话，说真话的自由度大，表明这个人的生存位置好，生存空间大，可以比较多地表达真性情，少应酬，少虚伪。这还不是一种很难得的生活质量？

所以，要尽可能保护我们的生活质量。

欧阳涛说到这里，开始切入正题：我们已经在网上有过专题讨论。对于我们的观点，媒体也做了不少评论。有些说法听来振振有词，可在我看来，起码是自欺欺人。

怎样评价有关婚恋的种种理论？我的看法是，婚恋理论常常首先不是一个纯粹的理论问题，它的背景是不同人的不同婚恋立场。最粗浅地说，男人的婚恋理论和女人的婚恋理论从来就不一样。做父母的婚恋理论与子女对婚恋的理解又大相径庭。父母们肯定只考虑安全可靠、常居久安之类,而年轻人更看重彼此的激情。

说得深入一点,一个人的婚恋观念非常曲折但又必然地和他的婚恋处境相联系。

具体有如下几个规律:

一、肯定自己的规律。

譬如,一个有健全家庭的人,一定会把婚姻作为人生成功的重要标志之一,肯定了婚姻与家庭的重要性,就等于肯定了自己。同样,一个单身者很可能宣扬单身生活的自由与高贵,那也是在肯定自己。

二、平衡自己的规律。

有些职业女性看到别人家庭幸福,她没有得到幸福,别人子女教育成功,她未成功,就会自觉不自觉地贬低家庭的重要性和子女教育的重要性。她会说,生命全陷在家庭里了,没有一点自己的社会生活,也有可悲的一面。一句话贬低了别人,平衡了自己。

三、宣泄自己的规律。

有些女性的婚姻因"第三者"插足而遭到破坏,她会用最恶毒的言论攻击第三者。这时,她的全部说法都和她的婚恋处境相关,都在宣泄她的仇恨。如果只是旁观者,说法肯定会有差别。

这是因为不同的婚恋立场在制造不同的婚恋理论。

四、提醒自己的规律。

凡是屡被欺骗的女人,会有一整套男人不可轻信的理论,那是一种心理需要,提醒自己不再上当。反过来,屡屡上当的男人也会对女人有不可轻信的种种说法，那也是一种自我告诫。

五、口是心非掩盖过失的规律。

这也是屡见不鲜的现象。一个拈花惹草对婚姻极不负责任的人，却可能有道貌岸然的婚恋理论，他需要转移别人的视线，掩盖自己的过失。说得讽刺点，就是贼喊捉贼。还有的人行为出轨不一定多，但观念上想入非非，这时，道貌岸然的理论还有自欺的意义。

六、忏悔自惩的规律。

托尔斯泰的作品《复活》中，聂赫留朵夫因为伤害过玛丝洛娃，在忏悔之后决定救她，这是一种灵魂的忏悔与救赎。如果深入分析，我们会发现，那些对女性特别怜爱的男人，有时可能恰恰在女人那里占够了便宜，说得好听点，是屡得女人恩惠的男人。

曹爽说：你曾经讲过，贾宝玉在大观园里扮演着护花神的角色，就因为他占够了女孩的便宜，那么多女孩都呵护他，他亏欠了，才一天到晚说好听的。

欧阳涛说：没错。大观园的女孩都围绕着贾宝玉一个人转，他占有了过多，也就亏欠了过多。所以，考察一个人的婚恋理论，哪怕是三言两语的说法，一定要联系他本身的婚恋处境来透视，这样才能够细微地了解每一个人。

夏小艾对欧阳涛的这种说法感觉很新鲜，非常注意地听着。

欧阳涛说：我以为，婚恋专家学者在了解别人之前，先要这样审视自己，看清自己的婚恋观念是否受特殊的婚恋处境支配。他指了一下曹爽：譬如，我们男性会不会受到男人立场的影响。又指了指田静：你们女性会不会受到女性角色的特殊支配。又譬如，自己有成功的婚姻，婚恋观念就有一套匹配的逻辑；反过来，自己是单身或者离异，会不会又把这种特殊身份带到婚恋咨询中。

夏小艾这时突然问了个有点愣的问题：欧阳老师，你怎么审视自己呢？

三 只想嫁给钻石男人

初恋时我们不懂爱情。年轻时我们不懂婚姻。

欧阳涛含蓄地一笑：夏小艾的问题很好。但既然是我提出的问题，我要利用一下自己的特权，请大家先讲。

苏克勤这时露出了知心大姐式的微笑，说她愿意先讲。

苏克勤说，她的婚恋属于最平常的一类：先恋爱后结婚。丈夫不错，也不特别出色；自己不特别出色，但各方面也还可以。两人每天上自己的班，回家合作搞家务；孩子也还好。对比在咨询所看到的形形色色婚恋现象，她对自己的家庭很满意。她的理论是，家庭是重要的，对于女人更是不可缺少的。想维持一个好的家庭，要提倡互相理解，互相宽容，还要各有所好，彼此有空间。当然，生活中她也有过与其他男人的微妙感觉,但也就那样过去了。

苏克勤说:关于婚姻与家庭,我有这样几个着重点。

一、强调婚姻家庭对于一个人,特别是女人的重要性。

二、尽可能挽救一切可能挽救的婚姻——我做心理咨询时挽救了不少。

三、对于陷入第三者角色的女性往往会有本能的抵触,但是理性能说服自己,尽可能理解她们。

四——

田静在一旁插话:对于已经死亡的婚姻,应当劝当事人当机立断离婚的,劝说力度不够。

苏克勤笑着点头:是。我的博士论文,主攻的就是婚姻和家庭的可持续发展。

轮着田静了,田静说:有一句话,初恋时我们不懂爱情,我把它改造一下,年轻时我们不懂婚姻。我是在完全不懂婚姻的情况下结婚的,所以很快就离婚了。我至今认为自己结婚太草率。

众人都笑了。

田静说:我的婚恋观念可不像苏大姐那么传统,我对各种生活方式——结婚的、不结婚的,同居的、单身的,要孩子的、不要孩子的——都一视同仁。不是在理论上一视同仁,是打心眼儿里就一视同仁。一切都可以接受。

每个人都要根据自己的情况来选择适合自己的生活方式,这就是我的理论。

夏小艾问:你还打算结婚吗?

对各种生活方式——结婚的、不结婚的,同居的、单身的,要孩子的、不要孩子的——都一视同仁。不是在理论上一视同仁,是打心眼儿里就一视同仁。一切都可以接受。

田静说：找不到合适的不结，找到合适的立刻就结。关键是要合适。

曹爽开玩笑道：我这种水平行不行，够不够你的标准？

田静瞄了他一眼，也开玩笑：那你还得再努努力，我不会把标准降得那么低的。

苏克勤指着欧阳涛问：欧阳老师够标准吗？

田静大方地一笑：碰上欧阳老师这样的，只要他看得上我，立刻结婚。

欧阳涛笑笑：不要离题万里。

田静接着说：可能和自己的处境有关，我现在最关注的婚恋课题是，女人如何发挥最大优势，找到最好的男人；反过来，男人如何扬长避短，找到最好的女人。

轮到曹爽说了。

曹爽说自己的思路和欧阳涛很接近，认为各种文饰本质的说教都该扫荡。

夏小艾说：曹爽今天好像特别兴奋。

苏克勤揶揄道：有美女在场，小伙子难免兴奋。

曹爽点头：我承认，我喜欢和赏心悦目的美女共事。我还承认，对田静，本人常有点想入非非呢。

苏克勤打趣道：怎么没见你有什么特别勇敢的行动啊？

曹爽一笑：一来是希望不大，二来是考虑到自己目前离成功人士尚有很大距离。总之，证明了欧阳老师的观点：受诱惑有冲动是自然规律，有没有行动要看客观条件。有条件没制约，就肯定行动了。没条件又有制约，哪儿敢有什么行动？

一伙儿人正谈得热闹，一个年轻人推门进来，说总编室刚刚得到消息，梁燕的男友一会儿要过来讨说法，听说还找了几家媒体。让曹爽相机而动，妥善处理。

兵临城下，立刻有了两种意见。

一种观点，息事宁人冷却法。将媒体尽量稳住，对打上门来的梁燕男友也相机行事。

苏克勤说：当事人闹到网站来，这种新闻不管怎么说也太负面。

一种主张干脆明着来，趁此机会好好揭露一下负心的男友。

欧阳涛一边思索着一边问：大家还有什么意见？

夏小艾提议：我倒觉得这可能是个机会，"婚姻诊所"需要这样的新闻事件作为散播欧阳老师婚恋理论的平台。

曹爽摇头：我看还是稳妥点好，先听听他有什么要求。

正商量着，夏小艾的手机响了，是前台打来的，告诉她梁燕和男友一块儿来了，还带了几个记者，正在接待室坐等，指名要见她和欧阳涛。

曹爽说：我和夏小艾去见梁燕。

欧阳涛从容道：不用你出面，夏小艾陪我一起去见他们就行。

四　佛陀与乞丐

男人更成功后，鲜花和感情诱惑也会更多。而女人呢，已经把最美的青春年华都奉献了，那时男人还能一如既往对待他的女人吗？

两人一起走进接待室，梁燕的男友高岩正气冲冲地等在那里。

欧阳涛伸出手：我是欧阳涛，你找我吗？

高岩并不伸手，很生气地说：我是高岩，梁燕是我女朋友，我们俩前一段是闹了点矛盾，但年轻人谈恋爱哪有不闹矛盾的？这本来是家常便饭小事一桩。梁燕一时想不开来这里咨询，俗话说劝和不劝分，你们倒好，对着视频劝梁燕和我分手。你们知道这样做对我造成多大负面影响吗？

梁燕此时很尴尬地站在高岩身边，不知如何是好。

欧阳涛问：你来这里的目的是什么？

高岩说：我已经请了律师，我要求你们在世纪网公开道歉，恢复我的名誉。

欧阳涛指着梁燕，语气尽量缓和地说：是梁燕自己来寻求帮助的，并且同意将自己的事情在谈话节目上公开。事先我们征求过她本人的意见。

高岩高声说道：你们征求我的意见了吗？

欧阳涛说：如果请你出场，自然会征求你的意见。你没有出场，节目中不仅没有点到你的名字，对梁燕也使用了化名。反过来说，欧阳涛指了指散在四周拍照录音的记者们：你带来这么多媒体，征求我们的意见了吗？

高岩气急地说：用不着征求你们的意见。

欧阳涛看了看在一旁很怯懦地拉扯着男友的梁燕，说：我看明白你们的意思了。

梁燕在欧阳涛的目光下垂下眼。

欧阳涛说：梁燕委屈，闹过了，你呢，跟她赔了不是；赔完不是，你可能又做了种种承诺、海誓山盟一类；然后，梁燕的气消了，原谅你了。这个矛盾一解决，你就反过来说梁燕的不是了——我们之间的事为什么要闹到网上，家丑还不可外扬呢，你让我高岩以后怎么在娱乐圈混？

梁燕呢，是个有理不让人没理又欠人的女孩。你拉她一起来找欧阳涛算账，她想劝你不来，你会拿分手啦名誉啦之类的话吓唬她。她劝不住你，只好跟着来。你看她可怜兮兮的，两边都无法面对。你若是真爱梁燕，为什么把她搞得这么尴尬？

欧阳涛的描述一定击中了什么，高岩愣怔了一会儿，转头问梁燕：你是不是事先给他们通风报信了？

梁燕说：我犯得着给他们通风报信吗？人家是干什么的，什么看不出来？

欧阳涛说：我刚才的一番话都是我的估计，梁燕不可能给我通风报信。高岩，我看出你是个有血气的人，但也可能是个容易冲动的人,你现在冷静下来想一想,为什么到这里闹,是对我欧阳涛不满吗?

高岩对此话有点理解不过来:我莫非对别人不满?

欧阳涛说:我告诉你,你这么做是对梁燕不满。

高岩一时有些张口结舌。

欧阳涛说:梁燕受到伤害,有点情绪反应很正常。可是,当梁燕原谅了你,你倒反过来不原谅梁燕了。你来这里是在发泄对梁燕的不满。

过去那么困难的情况下,梁燕不顾一切地支持你帮助你,你那时对梁燕爱得感恩戴德,我相信。你现在还很爱她,我也相信。不过,你现在毫不顾及梁燕的感受挟持着她来这里闹事,我有一种感觉,你对梁燕的感情已经有了一点变化。本来在梁燕面前你是无理的,稍一反手,你倒成了有理的。你们的关系已经不很平等,你有点欺负她了。想想看,站在旁观者的立场,你会觉得梁燕在这个婚姻中是长久安全没有后顾之忧的吗?

这种一针见血的分析使场面显出安静来。

高岩低下头沉默了一会儿,又冒出一句:我绝对相信自己。我不允许别人污蔑我。

欧阳涛平和地说:说真格的,我要是像你现在这样年轻,正处在事业的上升期,到处是鲜花和笑脸,而且还像你这样容易冲动,我都很难绝对保证娶了梁燕这样的女孩以后终生不受诱惑。这样将心比心理解你,我才对梁燕提出忠告,让她对此有思想准备。我讲错了吗?

高岩声音不高地应了一句:你是你,我是我。

欧阳涛说:更透彻的分析我那天还没说呢,怕对梁燕太残酷。

按照我的理论,一男一女能够和谐相处,彼此的地位一定是相对平等的。

过去,你一没出名二没成功,梁燕挣钱供着你,你们的关系很和谐很平等;现在你小有成功,不仅自己能挣钱了,而且挣的比梁燕多……

高岩说:你是说我见利忘义、忘恩负义吗?

欧阳涛摇摇头:我说的是你们双方的婚恋地位在发生变化。不要不承认这种变化。如果在过去那种境遇中,你可能这样对梁燕颐指气使吗?明明是你伤害了她,你反而把对方置于向你紧赔不是的境地,这种关系还平等吗?你过去是这样对待梁燕吗?

梁燕显然被触动了,她有些茫然地看着高岩。

欧阳涛继续对高岩说:如果往后你更成功了,鲜花和感情诱惑也会更多,而梁燕呢,已经把最美好的青春年华都奉献了,她在你眼里也可能越来越不那么重要了,那时,你还能一如既往地对待她吗?

高岩要过去揽住梁燕,梁燕用目光拒绝了。

这一拒绝让高岩愣了一下。

他还是抓住了梁燕的手,说:我是准备和她好好过一辈子的。

欧阳涛点点头:我相信你的表态,我也认为这是有可能的,但需要几个条件。

高岩问:什么条件?

欧阳涛说:第一,高岩要真正认识到梁燕的价值。

今后,你会遇到比梁燕更年轻漂亮或者更让你产生激情的女孩,这毋庸讳言,然而,你很难再遇到像梁燕这样理解、珍爱和长久呵护你的人了。

第二,你们之间要有适当距离。

彼此不要太近,也不要太远。梁燕对高岩的演出之类可以参与和关注,完全不沾边是不妥的,但是,太逼近高岩,天天守着他也是不妥的。

第三,梁燕一定不要只把注意力放在婚姻和家庭上。

要永远用恋爱的姿态面对高岩。说句笑话,不能出门盛装打扮,在家破衣烂衫。妻子要永远保持在丈夫面前的新鲜感。其中最重要的是,我建议梁燕,无论高岩以后多么成功,能挣多少钱,你本人一定不要丢掉工作,要有自己的社会角色。除非万不得已,不当全职太太,明白吗?

梁燕点了点头。

欧阳涛说:第四,希望你们有孩子。

这个话题让高岩和梁燕显出一丝忸怩来。

欧阳涛最后说:第五,希望你们举行一个盛大的婚礼。

危机竟这样化解了。

夏小艾深深地舒了一口气。

在人们散去之后,夏小艾陪欧阳涛走出办公大楼。刚刚经历了一场风波,欧阳涛并不想马上回家,他想放松一下。于是,夏小艾领他绕到写字楼后面的一片绿地。

正值春天,树和草都泛出新绿,山桃粉白,迎春嫩黄,是欧阳涛眼中最美的春光。

夏小艾说:刚才梁燕和高岩那个样子,你好像并不生气。

欧阳涛说:如果你好心好意帮助一个人解决问题,对方不仅不领情,还给你找来一些麻烦,你会生气吗?

夏小艾说:会。

欧阳涛说:那我可能也会生一点点气。人和人没有差别。

夏小艾说:你的高明在什么地方?

欧阳涛说:第一,我知道自己为什么生气。

有的人一天到晚气鼓鼓的, 甚至气得身体这儿不舒服那儿生病的,或是和家人今天过不去,明天闹别扭,却不明白自己究竟气什么。

我很清楚这一切。

第二,我绝不和自己的气较劲。

有些人生了气还要和自己的气较劲, 觉得生气没出息,指责自己,只会气上加气。

我是顺其自然,让它过去。

第三,我想得通。

生气的时候我会想,犯不着为这些事生气。

第四,我知道怎样转移情绪。

干点别的事,不良情绪很快就烟消云散了。

夏小艾说:欧阳老师还挺懂心理的嘛。

欧阳涛说:是心理学。很多人在婚恋中遭遇痛苦,我会告诉他们，一要明白自己为什么痛苦，明白了，痛苦就少了一半；二是要听凭痛苦自然而然过去，越和痛苦较劲就越痛苦；三是凡事要想通，知道犯不着这样，痛苦就又小一些；四是转移法，投入新生活，干点别的事，痛苦就消失得快。

两人在草地中间的小路上走了一阵，欧阳涛似乎想起什么，说：其实我刚才跟你谈的，还是我最浅层的思想。每个人还有他对生命更深层更终极的思悟。

我听过一个故事：曾经有个乞丐，当佛陀路过的时候，竟然对佛陀吐了一口口水。弟子阿难就很生气，他怎么能这样无礼呢？于是对佛陀讲，要不要修理修理这个人。佛陀说，为什么要修理他呢？我很理解这个吐口水的人呀。他有一大堆苦处想讲却讲不清楚，就只好向我吐口水了。吐口水的乞丐听了之后，心里非常感动，他想，世界上怎么还会有这样的人呢？

这种感动让他很硬的心开始软下来，他有了许多对自己生命的检视和忏悔，一晚上都没有睡着，一直在流泪，因为佛陀那句话的慈悲和宽恕，还有那一份怜悯。

天一亮的时候，这个乞丐就跑到佛陀面前跪下来忏悔。

他说：我真的非常非常对不起，对我昨天不礼貌的行为……说完就不停地叩头。佛陀却好像完全忘记了昨天的事一样，对他说：你在做什么呀？昨天被吐口水的人早就不在了，你在跟谁道歉呢？更重要的是，昨天吐口水的人也不在了，你又在替谁道歉呢？

在婚恋中遭遇痛苦，我会告诉他们，一要明白自己为什么痛苦，明白了，痛苦就少了一半；二是要听凭痛苦自然而然过去，越和痛苦较劲就越痛苦；三是凡事要想通，知道犯不着这样，痛苦就又小一些；四是转移法，投入新生活，干点别的事，痛苦就消失得快。

讲完这个故事，欧阳涛说：你看，即使像佛陀那般伟大，还是会有人向他吐口水。伤害别人的人其实最可怜，因为他的灵魂是最需要救赎的。

夏小艾说：这个典故真好。

五　当婚姻以不幸的方式遗传

爱情与婚姻是人人追求的幸福，又是很多人痛苦的来源。

两个人边走边聊，夏小艾又谈到了"真话游戏"中欧阳涛的理论。

夏小艾很同意欧阳涛关于一个人的婚恋理论常常和他的婚恋处境有关的说法。

她说：只是我对你讲的贾宝玉情结还不太理解。

欧阳涛说：在这个世界上，人最不容易看清楚的就是自己。人们常常不知道自己为什么有这样的观点或那样的观点。举个例子，如果一个女人是我的妻子，她为我做了很大牺牲，我会感觉歉疚，这时候对她的很多赞美都与我的亏欠心理有关。如果一个女人是我的母亲，她将我从小带大，含辛茹苦，我没有做出适当回报，心中也会有愧疚。这种愧疚也会使我加倍歌颂母爱的伟大。

这就是心理学的"补偿"机制。

如果我在不止一个女人那里得到过多的呵护，内心有了亏欠,就可能经常对女性大加赞美。像贾宝玉那样到处做护花神,认为天下女人好男人恶,很重要的原因是他从小到大占够了女人的便宜,心里对女人有亏欠。

反过来,如果一个男人从小到大一直感觉女人亏待了他,那他对女人肯定是恶狠狠的态度。

夏小艾有些调皮地问:你个人有这种体会吗?

欧阳涛:当然有。

在我成长的过程中,很多女性无论是家人还是老师同学都对我不错,用俗话说,我的女人缘不错,结果内心就可能潜伏了对女人的亏欠心理,自然也会有贾宝玉情结了。

我的贾宝玉情结的具体表现是,从内心深处认为女人比男人善良。也可能事实如此,但我的看法可能更向女性倾斜。遇到男女之间划分是非责任时,我往往会偏向女性。比如一个女人介入别人家庭成为第三者,我常常会首先谴责当丈夫的。他是强势,没有他的勾引就不会有第三者。要说不是,也是他的不是。女孩在我眼里往往是无辜的。

当然,做学术研究,我肯定要抛开个人的特定倾向。

夏小艾又问:我还想知道,你有没有受过女性伤害呢?

欧阳涛说:不多。那些经历也给了我很大收获,使我在看待男女关系上有了另一面的体验。

两人走到绿地中央的一处健身场地停下来,靠着双杠接着说话。

欧阳涛说:今天的真话游戏被高岩搅了,本该轮着你了。我想知道你是什么婚恋理论,又源于什么样的婚恋处境?

夏小艾说:我觉得爱情与婚姻是人人追求的幸福,又是很多人痛苦的来源。

欧阳涛说:没错。社会上相当多的人属于婚恋问题人。这些问题绝大多数都很个人,你是你的,我是我的。你天大的痛苦在我看来都无关痛痒,所以又很少被看成社会问题,没有多少人正儿八经地探讨它。

夏小艾说:所以,每个人得算好这笔账。

我个人的婚恋理论是,一定不人云亦云,譬如一定要结婚生子之类,弄不好全是累赘。什么也比不上自由自在好。说婚恋重要,没生命重要吧?但是,自由比生命更重要。

欧阳涛调侃道:若为自由故,两者皆可抛?

夏小艾说:没错。我的婚恋观是基本否定婚姻。

欧阳涛说:否定婚姻?

夏小艾说:对。不结婚,但可以有爱情。相爱的人可以同居,也可以随时分开。绝不和任何人终生捆在一起。

欧阳涛说:为什么?

夏小艾说:正好验证了你的理论,一个人的婚恋观点肯定和他的处境、经历相关。

欧阳涛说:你这么年轻,会有什么特别的经历?

夏小艾好一会儿没有说话,脸上显出一丝阴郁,她说:欧阳老师,我恰恰是有一点特别的经历。你愿意听我讲吗?

欧阳涛说:当然。

以下是夏小艾的故事。

　　我从小是姥姥带大的。姥姥年轻时是当地有名的漂亮姑娘,十七岁嫁给了一位能干的外科医生。用姥姥的话说,他们曾在一起幸福地生活了十年。有了妈妈之后,姥姥的丈夫就开始了不断的外遇,闹出一场又一场的风流事。因为医术高明,姥姥的丈夫挣钱很多。姥姥给我看过她在当年的一些照片,他们住过的小洋房,他们与当时的社会名流的合影。姥姥和那个男人穿着打扮都很时尚。

　　丈夫不断的外遇大大伤害了姥姥, 她不能接受这样的命运,曾经自杀三次,都被医术高明的丈夫救治过来。之后,她带着妈妈离开了那个男人。姥姥是个个性刚强的女人,提起丈夫,总用"那个男人",也不许我们叫姥爷。她告诉我,男人都很花心,不可信任,有了钱就会变坏。

　　在那个年代, 一个女人独自带着孩子生活很不容易。姥姥离开丈夫时还很年轻,以姥姥的漂亮,再找一个丈夫将自己嫁出去很容易, 但她宁肯一个人吃苦受累,也不愿再将命运托付给任何一个男人。

　　"文革"中姥姥的丈夫被打成资本家坏分子也牵连到姥姥,成为剥削阶级的姥姥被开除了公职,不得不每天出去扫大街。即使是扫大街,姥姥也从来把自己收拾得干干净净,在人前从不露出半点痛苦。她和那个男人生活在同一个城市,至死没有再见过一面。

姥姥永远都不原谅那个男人,临终前的那段日子,我常在床前守着她。一天,姥姥的精神稍好一些,她拉着我的小手说:小艾,姥姥这辈子就是被男人坑苦了,听姥姥一句话,长大了,千万别走姥姥的路。

妈妈是在姥姥对男人的怨恨中长大的。大学毕业后,妈妈进中学当了老师。本来抱定了独身干一番事业的信念,赶上"文革",因为出身不好,根本看不到前途,于是在三十多岁时嫁给了一个工人,不久后生下姐姐。这个男人没多少文化,最喜欢的就是喝酒打牌,醉了就拿妈妈出气。因为妈妈漂亮,因为妈妈有文化,他尤其嫉妒心重,只要妈妈和外人多说几句话就会成为他打人闹事的理由。妈妈忍无可忍,抱着姐姐离了婚。"文革"结束后,妈妈处境好了,经不住一位同事的苦苦追求,又结婚了。我就是这次婚姻的产物。但妈妈的第二次婚姻也不幸福。她的丈夫在升任校长后很快与一个年轻女教师发生不正当关系,并被女教师的丈夫撞见。争强好胜的妈妈自觉颜面扫地,一气之下带着我和姐姐再次离婚。

我那时还小,对那个男人基本没有记忆。妈妈为了将他彻底赶出我的生活, 手里甚至连一张他的照片都没有保留。由于这次离婚是那个男人的过失,妈妈离婚时和他有个协议, 就是让他永远放弃对我的权利。妈妈为此甚至离开了我出生的城市,到北京的民办学校当了老师。刚来北京时，生活很苦，住小平房，夏天闷热，冬天自己烧煤，差点煤气中毒。

我现在也不知道那个男人在哪儿，不知道他长什么样子。妈妈不许他来看我，也同样禁止我用"爸爸"这两个字称呼他。如果要提，也只能是"那个男人"。

姥姥的婚姻是不幸的。妈妈的婚姻就更加失败。之后轮到了姐姐。

姐姐上学时是出名的校花，高中开始就有男孩子追求。她在大学毕业不久曾有过一次短暂的婚姻，离婚后又交过各种各样的男友，但始终无法走进婚姻。就这样一混混到三十来岁，突然想结婚，比谁都急。她急，妈妈也急，生怕姐姐再耽误嫁不出去。

姥姥和妈妈的最大不同是：姥姥对婚姻彻底失望，认为自己的女儿两次都嫁错了人，而女人最好是永远不嫁人；妈妈呢，知道自己的婚姻失败，却挖空心思地想让女儿的婚姻成功。我理解她的意思，女儿嫁好了，也能间接证明妈妈的成功。

从小到大，看够了婚姻的失败和痛苦，我是坚决不会结婚的。

夏小艾说完了，两人都沉默了，一时不知说些什么。

过了一会儿，欧阳涛安慰地说：我知道了，婚姻对你而言是太沉重的话题。

夏小艾却笑了笑：也没那么沉重。一旦想明白了这些,倒有一种说不出的解脱。这些日子,每当我在"婚姻诊所"看到你和那些掉到婚恋苦海里的人对话,真对他们有些悲悯呢。

欧阳涛说:希望你的身世不要成为一种偏见。你还年轻,会有自己的幸福。

夏小艾说:到现在为止,我的心态还算健康。主持"婚姻诊所",我不会带有任何偏见。要不你劝人人不结婚,户户闹离婚,那还了得。

停了一会儿,欧阳涛说:我感觉,你对婚恋问题的兴趣并不全是因为主持这个节目,好像还有更深层的原因。

夏小艾一笑:那当然。我关注婚恋还有一点探险的意味,觉得其中陷阱重重,想要一探究竟。

欧阳涛说:肯定和你一家三代人的经历有关。

夏小艾说:也不全是。

欧阳涛说:还有什么原因?

夏小艾看了欧阳涛一眼,把话题岔开了:欧阳老师,你为什么会对婚恋现象这么有兴趣呢?

欧阳涛说:这倒没什么太冠冕堂皇的理由,除了兴趣、特长、主客观条件,就是这么干对我最合算。

夏小艾说:用你的成本核算理论,就是同样的投入产出更大,对吧?

欧阳涛说:没错。每个人都要争取自己人生最大价值的实现,包括婚恋。

夏小艾调皮地一笑,试探地问:能说说你的婚恋理论源于什么样的婚恋处境吗?

欧阳涛很师长地笑了：这不是你我之间该讨论的话题。

六　一厢情愿的女人

再美好的婚姻都躲不开交换的现实，女人的婚恋成功与否，是与其对现实的理解成正比的。

晚上，夏小艾回到家，一进门又是母亲的一大堆唠叨。

姐姐夏小米早就买了房住在外面，家中只有她和母亲做伴。做过教师的母亲退休后将夏小艾作为唯一的教育对象，只要夏小艾一出现，就是不停地唠叨。

母亲一边往桌上端饭，一边唠叨着姐姐的婚事。

夏小艾说：妈，您这辈子就是管得太多，费力不讨好。

母亲说：我把你们姐妹拉扯得大学都毕了业，还不是大成就？

夏小艾说：既然这样，您更没必要每天愁这愁那的。

母亲说：小米现在三十多了，还没有找下合适的对象，不愁行吗？

夏小艾说：姐姐的事你愁也没用，我倒建议你为自己找个老伴。

母亲气道：你自个儿还想终生不嫁，倒为妈妈操起心啦。

夏小艾坐到桌边，边吃边说：我现在总算搞明白一点，人的思想常常是冥顽不化的，很难听得进去别人的意见。

母亲说：我都熬了大半辈子，肯定不会再找人了。你要是决意不嫁，妈妈这辈子就踏踏实实跟你过了。

夏小艾说：那可不行。我不嫁人，并不是不交男朋友。咱俩可千万别摽一辈子，母女俩死摽着，生活多有病啊，一老一小两个抑郁症。

母女俩正一边斗嘴一边吃着饭，姐姐夏小米没打招呼就回来了。

姐姐大妹妹十来岁，今年三十多了，气质优雅，穿戴时尚，五官精致漂亮，可惜显出些憔悴。她近来一直忙着给自己找对象，自谑患"轻度结婚焦虑症"。

母亲给她盛上饭，关切地问：今天这个怎么样？

夏小米说：没太大感觉，等那边回过信儿来再说吧。

她一边匆匆吃着饭一边说：晚上还要出去会一个。

夏小艾说：姐，你过去好多年没有正经着急过结婚嘛。

夏小米说：可不是。刚离婚时也就二十多岁，屁股后面一大群人，感觉好着呢。现在年龄大了，耽误不起了。

夏小艾说：结婚的事别太着急，那样不好。

夏小米说：我不像你，决意一辈子不结婚不要孩子。我现在急着结婚，说白了是想要个孩子，年龄在那儿摆着，就怕过几年想生也生不成了。话说回来，你也别逞能，说不定到时候比我还急呢。

夏小艾说：我才不会像你，此一时彼一时的。

夏小米说：难说。女人一过三十想法就变了。我当年也是心高气傲的。真不要孩子，老了怎么办？

夏小艾说：我早就想好了，到时候找个老年公寓一住，要多自在有多自在。

夏小米说：说得好听，等着瞧吧。

她匆匆吃完饭，到卫生间补了妆，又提着包去赴约了。

姐姐走后，夏小艾回到自己房间。

一天下来，信息过于密集，她需要将思路整理一下。

和欧阳涛讲起自己的身世，使夏小艾又想起姥姥。

她打开电脑，进入自己的私人博客。先看相册。她已将全家人在各个年代的照片上传到博客相册里，照片按时间顺序自动播放。姥姥年轻时很漂亮。母亲年轻时很漂亮。姐姐现在也很漂亮。姥姥在那个年代念到初中，算有文化的人；妈妈又上过大学，按说个人条件好，应该得到幸福。但天下的事常常并不如此，姥姥和妈妈的婚姻都很不幸。

由于这样的身世，夏小艾一直很关注婚恋问题，收集过近百个知名女性的人生资料，这些资料验证了她对自己家三代人婚恋研究的结论。

在最新一篇博文中，那些结论一句句跳了出来：

第一，对婚恋过分理想化，常常是女人不幸的主要原

对婚恋过分理想化，常常是女人不幸的主要原因。

因。

这个结论可能并不容易被女性接受，却是残酷的事实。

姥姥和妈妈都曾期盼过理想的婚恋，这造成了她们终生的苦痛。

第二，理想化与现实的距离越大，女人就越不幸。

这一点，她在这些知名女性的婚恋中无不得到验证。

第三，在婚恋中过分理想化的女性，大多只是一厢情愿。

具体点说，她们是比较主观的女性：只知道自己的追求，不知道别人的需要；只看到自己的有理之处，看不清别人的有理之处；只看到自己的长处，看不清自己的短处。

一句话：只了解自己，不了解别人。

很多女性就是因此而婚恋屡屡受挫。

第四个原因更具体了，一厢情愿的女性，往往最不了解男人。这些女人虽然在其他方面智商很高，但对男人的了解却因为其主观被蒙蔽了眼睛。她们只知道从自己出发，认定男人应该怎样。她们在梦想中生活，而梦想只要碰到现实，就破碎为痛苦⋯⋯

夏小艾不再往下看了，那些结论在心中都很清楚。

反过来的结论是：比较现实的女性，婚姻往往还可以。

夏小艾开始撰写新日志，标题是《理想的爱情与残酷的婚姻》。

女人的婚恋成功与否，是与其对现实的理解成正比

理想化与现实的距离越大，女人就越不幸。

一厢情愿的女性，往往最不了解男人。

的。换句话说，又是与其对男人的了解成正比的。女人应该有梦想，但又应该明白现实。

女人一旦脱离现实，幻想飞到天上，其结果必然会摔落到泥里，结局惨烈。

写完这段话，夏小艾突然停住，想到了欧阳涛的观点。

婚姻确实是一种交换。

再美好的婚姻都躲不开彼此交换的现实含义。

今天，她第一次对人谈起自己的姥姥、妈妈和姐姐，谈起她们在婚姻方面遭受的痛苦和失败。这些经历曾像石头一样压在她的心头，使她感觉压抑。有谁知道，在她活泼快乐的外表下，也有着很深沉的人生痛苦和自卑。她是一个没有父亲的人，甚至不记得父亲的模样。父亲真如母亲所说的那般绝情吗？在他的情感深处会不会给自己的这个女儿留一点位置？

是的，父母离婚后，他再也没有看望过自己。

然而，他真的毫不牵挂这个女儿吗？

深更半夜，姐姐夏小米又跑回家，说要和夏小艾宣泄宣泄。

看来今晚的相亲又不顺利。

夏小艾说：我早就告诉你别太着急，要现实点。

夏小米有些来气：我够现实了。你知道我今天会的什么人吗？一个五十来岁的胖男人，一税务局的官儿，就这我都没一口回绝。可刚才在路上开着车就收到男方介绍

女人的婚恋成功与否，是与其对现实的理解成正比的。换句话说，又是与其对男人的了解成正比的。女人应该有梦想，但又应该明白现实。

人发来的短信,意思是对方觉得不合适。你说说看,我都快把自尊心踩到泥里去了。

夏小艾很同情地看着姐姐。三十多岁了,曾经很漂亮很风光,钱也挣了不少,有房有车的,可现在就剩下烦恼与憔悴。

夏小艾说:姐姐,我正在主持的"婚姻诊所"系列讲座,主讲人是欧阳涛,思想特深刻。不然,你走走我的后门,找他咨询咨询吧。

夏小米一撇嘴:我早在网上看了你们的节目,我还真不信那些个虚的。算了,还是一个一个慢慢找吧,早晚能找到一个。听朋友说,网络征婚效果不错,我也打算试试。两年内,我一定要把结婚生子当个项目做成。实在不行,找个自己喜欢的男人,不结婚,能生孩子就行。

七　不可思议的巧合

真理都是带刺的玫瑰。人们如果早一点知道婚恋的道理,人间就会少一点悲剧。

深夜,又一封电子邮件静静地到达欧阳涛的信箱。

尊敬的欧阳老师:

你好! 收看"婚姻诊所"已成为我生活中的重要

内容。

如许多评论所说的那样，你对婚姻与爱情的分析很深刻很到位，甚至可以说很冷酷。但这正是我喜欢的地方。有一句格言说得好：真理都是带刺的玫瑰。

也看到一些道貌岸然的反对声浪，终难掩其伪善的面孔。

我常常想，如果人们早一点懂得你说的那些道理，会少一点生活的悲剧。

你说得对，揭露真相，正是为了更好地追求幸福。

今晚写信，还因为一点小小的具体原因。我终于向一位朋友袒露了自己压抑多年的困惑和苦闷，这使我感到从未有过的轻松和快乐。希望与你一起分享。

晚安！

丫丫

这是丫丫在"婚姻诊所"开播后的第五封来信了。

信很短，却有一种东西很动人。

既有亲近和理解，也有一点异样的温情。

这个女孩是谁？她为何如此关注自己？

欧阳涛将目光停留在信的末尾，"我终于向一位朋友袒露了自己压抑多年的困惑和苦闷"，他突然有一点联想……但很快又摇摇头：不可能，生活中不会有那么多巧合。

叁　　　　嫁娶之道

一　婚姻对等律

男人间相互竞争,女人间相互竞争,男女间又相互选择,最后形成的结果一般是对等的。

夏小艾近来心情不错。早晨一上班,曹爽就通过 QQ 发来三张笑脸,一张笑脸是问候,一张笑脸是表扬,一张笑脸是激励。"婚姻诊所"连续几期都成为热门话题,点击量节节攀升,在网站也显出一点风光。

夏小艾见了笑脸自然高兴,随手回过去的却是一张苦脸,意思是如此笑脸会让自己压力太大,希望领导别期望过高,谁也不能总保证站在高处。

下午,又到了"婚姻诊所"讲座时间,之前定下来的选题是由欧阳涛讲"婚姻对等律"。因为觉得与今天的话题有关,夏小艾昨晚就将女性频道做的"如何嫁给钻石王老五"的专题资料发给了欧阳涛。欧阳涛看到资料,觉得有趣,如今王老五竟受到如此追捧,时世变化不可谓不大,遂决定将此资料内容糅进讲座。

夏小艾告诉欧阳涛,这次讲座主要由田静与他对谈。

进了聊天室,看到田静已一身时尚正装地端坐在那里。

夏小艾先介绍了讲座主题,接着将焦点对准田静。她说:今天我们特意邀请了单身美女田静小姐,她主编的《伊人》杂志下期的重点选题就是"女人如何嫁个极品老公"。

田静立刻接上话头:作为女人,许多人都梦想嫁个极品老公。我当然也不例外。上节目之前,我特意在《伊人》网站征集问题。今天与欧阳老师对谈,我不光是代表自己,也代表了众多女性朋友。

欧阳涛笑笑,用夏小艾发给他的资料做了开场白。

欧阳涛说:昨天主持人将一份资料发给我,就是网上正在热议的"如何嫁个钻石王老五"。我看了,很有意思。"王老五"是个民间俗语,指娶不上媳妇的单身男人。过去说谁是"王老五",一般会带着某种怜悯和贬义。随着时代的演进,"王老五"已特指那些相对成功的单身男士。而"钻石王老五"呢,顾名思义,当然是指那些相当成功的单身男士了。

夏小艾笑着插话:有人给"钻石王老五"总结了几个共同点,家世显赫,家底丰厚,身居要职,相貌俊朗,气质出众,处事低调,私生活隐秘,行业精英,绯闻主角不是名媛就是明星。

田静说:找这样的男士做老公,当然是很多女孩的梦想了。

夏小艾接着说:有人还总结了盛产"王老五"的行业或职业,有咨询公司,会计师事务所,广告/公关公司,律师事务所,化妆师/摄影师,网络公司,记者/编辑,演艺圈,运动员,公司高管。最新一期的《都市报》还评选出了八大国产"钻石王老五"。

1.姚明:一根头发值几万;

2.田亮:王子面具也值钱;

3.汤珈铖:帅哥高处不胜寒;

4.齐秦:一匹很受伤的狼;

5.李泽楷:富家子弟也低调;

6.霍启山:少男中意闷骚女;

7.丁磊:首富头衔没意义;

8.周星驰:有"星女郎"垫底。

听着夏小艾的介绍,欧阳涛笑了:总结得很有特点,可惜钻石数量太少,只有区区八个。而且这八个人中据说有的也已经名钻有主了。这就产生一个难题,钻石人人想戴,但钻石少之又少。那么,理想的婚姻是不是一定要找钻石王老五?

田静说:这正是我想问的问题,也是许多女性关心的话题。作为一个条件不错的女孩,如果想找一个最好的老公,欧阳老师可有什么忠告?

欧阳涛说:我还是一贯的观点,爱情是理想,婚姻是现实。

所谓现实,我早就说过,婚姻是一种彼此的交换,当然首先应当交换爱情。

田静说:讲婚姻是一种交换,莫非它与其他交换一样,也是市场化的?

欧阳涛说:天下的事情都是交换。在传统的封闭社会中,婚姻实行父母包办,肯定谈不上市场化,但也有种种实际利益的交换,比如那时也讲究门当户对,也要靠媒人做中介来交换双方的各种信息。在婚恋越来越自由开放的当代社会,婚姻无疑呈现出一种市场化的景象。

当然,它是比较特殊的市场。

田静说:市场交换讲等价,婚姻交换也要等价吗?

欧阳涛说:讲等价容易误解,可以换个词,叫等值交换。或者更恰当地说,叫"婚姻结合的对等律"。

田静说:我们可能不需要那么高深的理论,只想找一个最好的老公。

欧阳涛说:要想达到这个目的,恰恰绕不开婚姻对等律。你刚才说了,你想找最好的老公,别的女性呢,也想找最好的男士。这样女性之间就有了竞争。这是第一。

接下来,男人是任人随意挑选的吗?不可能。男人也一样,也都想找最好的女人,他们之间也在竞争。这是第二。

婚姻向来是两相情愿的选择。每个男人都想找最好的女人。每个女人都想找最好的男人。如此说来,每个人都处在竞争中,同时又处在选择中。结果会怎样呢?

田静说:结果就会出现你说的婚姻对等律吗?

每个男人都想找最好的女人。每个女人都想找最好的男人。如此说来,每个人都处在竞争中,同时又处在选择中。

结果就会出现婚姻对等律。

　　欧阳涛点头：是的。譬如女性都认定 A 先生是最好的男人，都想找他；而 A 先生呢，他肯定也想找最好的女性，这是 A 先生的选择权。结果，最好的男性就和最好的女性结合了。再往下呢，第二好的 B 先生和第二好的 B 女士又挑选了彼此。这样，男人间相互竞争，女人间相互竞争，男女间又相互选择，最后形成的结果一般是对等的。最好的和最好的在一起，次好的和次好的在一起，逐层排列下来。

　　这就是"婚姻对等律"。

　　田静说：照这样的说法，岂不是把人分成三六九等了吗？

　　欧阳涛说：这样讲并不是把人分成三六九等，而是说现代自由婚姻中，有一种对等性存在。每个人能够提供的婚姻资源必须和对方有一种匹配和对等。婚姻要给彼此带来幸福和生活保障。彼此的资源和贡献对等，才有公平性。这就是"婚姻对等律"。

　　现代自由婚姻中，有一种对等性存在。每个人能够提供的婚姻资源必须和对方有一种匹配和对等。婚姻要给彼此带来幸福和生活保障。彼此的资源和贡献对等，才有公平性。

二　灰姑娘的水晶鞋

　　"婚姻对等律"是通过男女相互综合评估对方实现的。男人对女人的评估与女人对男人的评估大致相同又有差异，譬如女人更看重男人的金钱与成功，男人更看重女人的相貌及年龄。

田静想了想，又问：我想知道的是，婚姻对等律是怎样起作用的？

欧阳涛说：举个例子，譬如我是个条件很差的男人，文化不高，长相困难，一贫如洗，还好吃懒做，偷奸耍滑，品行不端，这种情况下想找天下最好的女人为妻，你觉得可能吗？

田静说：这样说来，我就要对你的婚姻对等律提问了。

我的第一个问题是，对男人女人是好是坏的评估，人们的标准是千差万别的。怎样做到对等呢？谁来衡量？

欧阳涛说：这是由竞争和选择来确定的。

不管男女有多少差别，社会的评估大体是一致的。

要讲明的是，对一个人的评估不只评估一个方面，而是整体性评估。

譬如，你找老公会考虑什么呢？他的身高、相貌、年龄、品格、学历、收入，等等，会有一个总的分数，这就是评估。要注意的是，人们的评估大体上有一致性。你认为条件好的男人，大多数女性也会认为好；你认为条件差的男人，大多数女性也会认为差。

田静说：我的第二个问题是，女人选择男人和男人选择女人，一般会评估哪些方面？

欧阳涛说：这可以具体研究。一般说来，女人选择男人往往会考虑如下几个方面：一、身高(含相貌)；二、年龄；三、学历与文化；四、职位与金钱；五、性格气质；六、人品；七、家庭社会背景。你想想看，是不是差不多这些？

对男人女人是好是坏的评估，人们的标准是千差万别的。怎样做到对等呢？

这是由竞争和选择来确定的。

田静点头：不过这七条的排列顺序可能因人而异。譬如，你刚才把金钱、职位排在第四，有的女人可能把它排在第一。

欧阳涛说：但不管怎样，女人选择男人时会综合这样七八个方面，然后得出一个总体的评价，所谓给男人打分。反过来，男人选择女人也是综合评价，大概有如下几个方面：一、年龄；二、相貌（含身高）；三、性格气质；四、人品；五、学历与文化；六、职位与金钱；七、家庭与背景。

田静说：我注意到，欧阳老师刚才谈的男人选择女人的七个方面，和女人选择男人的七个方面，排列顺序上有差别。

欧阳涛说：是的。比如女人更看重男人的金钱与成功，对相貌的要求会稍稍放宽；男人呢，可能更看重女人的相貌、年龄及性格气质，对职位与金钱看得轻一些。

这是当下社会造成的现状。

无论如何，当一个人选择异性为婚恋对象时，都在综合评估对方。在此基础上，同性之间的竞争和异性之间的选择展开，必然形成刚才所说的婚姻对等律。

田静说：我的第三个问题是，为什么有的男人表面看来没有其他男人条件好，妻子却高于平均水平？有的女人好像并不很优秀，老公却相当出色？

欧阳涛说：我讲的婚姻对等律只是大体的规律，具体情况总有差别。必然性是通过偶然性实现的。偏离对等规律的差别现象在婚姻中肯定是存在的。

田静问：为什么会有偏离对等规律的差别现象出现？

女人更看重男人的金钱与成功，对相貌的要求会稍稍放宽；男人呢，可能更看重女人的相貌、年龄及性格气质，对职位与金钱看得轻一些。

欧阳涛说：出现偏离对等的差别有三个原因。

一、环境原因。

经济学中有市场信息不充分的问题，或者说信息不对称。婚姻中也有这种情况。比如一个男人本来条件相当不错，但是工作太忙，生活环境中又男多女少，找的对象就有可能还不如一个条件比他差的男性。

二、选择的错误。

他本来有可能找下更好的对象，但在选择时判断失误，或错失机会。

三、个人偏好不同。

你认为这个男人很优秀，妻子与他并不般配，周围的人也如此评价，但是他本人未必是这样的看法。刚才讲了社会对男女的评估有大体一致的标准，但具体到婚姻上，是萝卜白菜各有所爱。个人标准带有很大特殊性，这种特殊性会使选择偏离一般的公论。

田静说：我的第四个问题是，如果我不想管什么公认的对等不对等，只想找一个自己眼里最好的男人行不行？

欧阳涛说：每个人都想找自己眼里最好的男人。

这就是所谓的"个人偏好"。

但是别忘了，你眼里最好的男人和大多数人的标准不会完全没有关系。

也就是说，个人偏好还要受社会与时代"偏好"的影响。杨贵妃以丰腴肥胖为美，放在现代是大问题。现代潮流以苗条骨感为美，男人太肥胖了通常也不受欢迎。又比如西方曾以肤色白为美，现在则以晒得黑为美。所以，个人偏好很难离开社会"偏好"。如果你的对象只在你的眼里好,环境一致认为不好,当你面对亲朋好友和大庭广众时,感觉如何?

田静说:如此说来,还有个人的独特性吗?

欧阳涛说:当然有。在看到了公认的一般规律之后,我们就要强调个人的独特性了。

所谓"情人眼里出西施"。对于自己眼里的美好优秀人士,你大胆追求好了。

田静说:对于一个想找好老公的女人,了解婚姻对等律有什么帮助呢?

欧阳涛说:一、在对等范围内,既不超出一个标准,又不低于一个标准,你要找到条件最好的男人。

超出一个标准,肯定是不切实际的白白支出。

低于一个标准,肯定也是吃亏的。

二、找到最适合自己的人。

根据个人偏好做出独特选择,只要这种选择能给自己带来幸福和满足,可以我行我素。

田静说:有了婚姻对等律,是否意味着找对象不用努力了?

欧阳涛说:当然要努力,否则根本不可能在对等范围内找到最好和最合适的人,甚至可能犯选择的错误,选择了完全不相配的对象,贬值出嫁。

田静说:我不是指一般的努力,是指更积极的努力。

欧阳涛说:更积极的努力当然可能。本来你的综合指数是 B 级,但是通过努力提高到 A 级。身高相貌不能变,气质修养却可以提高。家庭背景不能变,个人的文化、学历包括成就都可以努力,那样,你的对等选择范围也就提高了。

田静说:提高不是一时半会儿的事情,好的对象却是可遇不可求的。

欧阳涛说:那么,你所说的努力指什么?

田静迟疑了一下,说:我的意思是,就不能做那种异想天开的努力了?

欧阳涛笑了:什么叫异想天开的努力?

田静说:比如灰姑娘的故事,白马王子的故事,卡米拉嫁给查尔斯王子,邓文迪嫁给传媒巨头……一个在一般情况下看来毫不对等或者根本轮不着自己的优秀男人,最终成了自己的老公;或者说一个女孩超值发挥,嫁出一个奇迹来,这可能吗?

欧阳涛说:并非没有可能。超值发挥有超值发挥的特殊规律。

一个在一般情况下看来毫不对等或者根本轮不着自己的优秀男人,最终成了自己的老公;或者说一个女孩超值发挥,嫁出一个奇迹来,这可能吗?

并非没有可能。超值发挥有超值发挥的特殊规律。

三　超值发挥突破对等律

"婚姻对等律"是普遍的规律,作为它的变异又有"特殊对等律"。特殊对等律并没有改变婚姻对等律的不争事实,却给男女超值发挥自己、实现婚姻奇迹带来了梦想空间。

讲座结束，已到下班时间。网站办公区仍然一片忙碌，年轻人还在各自的电脑前埋头做事。夏小艾说：网站就是这样，上班不可以迟到，下班从不准点。

经过长长的走廊时，曹爽笑呵呵迎上来，对夏小艾说：你的任务到此为止，余下的时间就把欧阳老师交给我吧。

夏小艾会意地朝田静点点头，先走了。

曹爽先领着欧阳涛参观办公区，并向他介绍了自己属下几个频道的年轻主编。

三个人兴致勃勃地转了一圈，曹爽说：欧阳老师刚才也看到了，在网站当编辑工作忙，没多少时间谈恋爱。"婚姻诊所"开播后，早有一帮人嚷嚷着要和欧阳老师对对话，要当面探讨探讨。我呢，也就自作主张答应了他们。这会儿正好到了下班时间，就请欧阳老师多留一会儿，一起吃个便饭，也让我们近水楼台一下。

欧阳涛看看手表，说：饭不吃了，找个安静地方聊聊天吧。

田静立刻显出很兴奋的样子：我正好还有问题没问完呢。

七八个青年男女簇拥着欧阳涛在写字楼附近找了家茶吧，要了个宽敞的单间，围桌坐成一圈，个个儿眼睛晶亮，聚光灯般照着欧阳涛。

欧阳涛注意到对面角落坐着一个瘦弱女孩，显然和这个人群并不相融，一直眼巴巴地盯着自己，满腹心事的样子。

曹爽等服务生上好茶水摆上各色小点心后，以主人的口气开场：欧阳老师，你的讲座先不说社会反响，光在我们网站就反应很不一般，不少人都觉得对他们非常有帮助。

欧阳涛摆摆手：我可不喜欢这种客套。还是讲真话。

曹爽一笑：我还真不是吹捧，我不仅认真看了视频，还把你的婚姻对等律做了扼要总结，不信你听听，看我的理解对不对？

第一，在自由的婚姻时代，婚姻大体上是一种对等的结合。对等的婚姻就有稳定的基础，不对等的婚姻就有不平衡的因素。所以，我们只能在对等的范围内尽可能选择最好的对象。

欧阳涛说：没错。

曹爽继续发挥：第二，因此，一个女人想嫁到更好的老公，或者一个男人想找到更好的妻子，首先要想方设法提高自己。出身、相貌是先天的，但学历、成就、气质、金钱都可以通过努力去提升。提升了自己的等级和品位，才可能找到更高水平的对象。对吧？

欧阳涛说：对的。

曹爽说：第三，女人，当然也包括男人，要提高自己对婚姻规律的认识，这样才可能在找对象时不贬值，不犯错误，在对等的范围内找到最适合自己的伴侣。

欧阳老师，我的总结怎么样，是不是认真听了你的讲座？

欧阳涛幽默道：态度认真，总结一流。

　　曹爽指了指围坐的年轻人:这三点,一般人经过理解都可以达成共识。我们这儿的许多美女关心的问题其实同田静一样,就是如何超值发挥,突破对等律,找到一个一般人看来根本轮不到自己的好老公。

　　在场的人全笑了。

　　欧阳涛说:我在讲座中不是谈到了,这是个难题。

　　这时田静说:我刚才在讲座中有个问题没问,譬如,有的女孩文化、学历、气质很一般,就因为长得漂亮,居然把最顶级的男人拿下了。

　　欧阳涛说:这倒不能说不对等。一个女孩其他条件一般,但特别漂亮,也可能被评出高分的。用经济学的术语来讲,漂亮是一种稀缺资源,它不像学历、能力,可以通过后天努力获得,这是老天爷定的,没办法。

　　就好像做房地产,好地段是稀缺资源。边远地区的房子盖得再好,可能都不及好地段这一条。因为房子设计得好、盖得漂亮是可以通过努力做到的, 好地段就那么几块。

　　又譬如大学招生,要看各门功课的总分,数学、物理、化学、外语、语文……这很像谈恋爱时综合评估身高、相貌、学历、气质、金钱等条件一样。可是,这个大学要招体育特长生,小伙子可能哪门成绩都不达标,但是,跳水、打球、体操是国家级甚至世界级水平,这种稀缺资源显然一条就够了。

　　所以,你刚才说的算特殊情况。

　　田静说:我再举个到位点的例子。我认识一位男士很成功很优秀,可他的妻子从哪方面看都很平常,两人条件差得很多,但人家就是多少年不离不弃的。

曹爽在一旁插话:他是怕社会舆论吧?

田静很利索地戗了一句:别小人之心啦。

她接着对欧阳涛说:我说的这对夫妻还不是不敢离,是真的不想离。我认识好几对这样的夫妻,两口子感情是真好。从外表看,妻子和丈夫一点不般配,可丈夫就是爱她。

欧阳涛说:这里一定有特殊原因,依然可以证明婚姻对等律。

你刚才谈到的例子,丈夫不是因为道德舆论的制约维持家庭,也不是因为道德自律维持婚姻,而是真正和妻子相互依存。表面看来,妻子的相貌、学历等条件比丈夫差,但是,她可能和丈夫有着长期共患难的经历,妻子对丈夫有特殊的理解和呵护,而这种理解和呵护是丈夫在其他女人那里根本得不到的;也可能妻子有一种特殊的品行,能够在心理上给丈夫以抚慰与平衡,使他们之间有着特殊的感情积累和相互依赖;还可能妻子特别善于理家,照顾孩子,赡养父母,在安排丈夫衣食住行等方方面面,给男人不可或缺的安全感……总之,妻子的种种特殊要素使得她与丈夫有着外人看不到的特殊对等。

田静说:这样说来,特殊对等是存在的。

那么,女孩若看准一个特别成功的男人,本来论条件可能对等不上他,可是,假如能找到他的特殊需要,发挥对他的特殊理解,然后超值发挥,也可能取得成功。

欧阳涛笑道：你这是想一招儿鲜吃遍天呀。

众人都笑了。

田静既真诚又调侃地说：我还有一个问题，提高自己的综合素质，重要是重要，但来得多慢呀。人人都在提高，我再提高也就大致那样了。我要短平快，立竿见影一下见效果的。

众人又笑。

欧阳涛说：不要以为是笑话。我刚才讲的某些家庭的特殊对等，才是真正有价值的，对于婚姻和家庭的可持续发展非常有意义。因为婚姻初始彼此条件可能大体对等，但年头一长就会发生变化。特别是男人成功了，地位上升了，女人呢，多年操持家庭，青春过去了，这时候家庭不能只靠道德维系，还要有内在的对等。

他停顿了一下，又说：当然了，这是另一个问题，需要专门研究。这里也有很多规律。

一伙儿年轻人围着欧阳涛七嘴八舌又提了许多问题，欧阳涛一一耐心解答，最后还是曹爽适时地打住，对众人说：今天就到这儿吧，我和欧阳老师还有一点别的安排。

四 男友的未婚妻不是我

在亲近的两个人之间彼此都有一种极特殊的权力，人们要谨慎运用这种权力。

　　年轻人闹闹嚷嚷地散去，茶室安静下来。

　　曹爽略有些不好意思地对欧阳涛说：我这又是先斩后奏，有个事想请欧阳老师再帮帮忙。他招招手，将那个一直坐在角落中的瘦弱女孩叫过来，说这是他一个好朋友的妹妹，叫小薇，大学刚刚毕业。前段时间遭遇了一场感情危机，一直走不出来。哥哥特意把她接到北京，陪着她游玩散心，但她就是忘不了那个人，现在已患上轻度抑郁症，不仅不愿意找工作，甚至还想到要自杀。

　　情况说来也简单，又是一个陷入网恋不可自拔的故事。

　　小薇来自小城市，各门功课的基础较差，上大一的时候，在网上认识了一个她称为"老师"的男人。之后遇到问题常会向这位老师请教。对方总会不厌其烦地讲解，给了她很多帮助。时间一长，她对这种关系有了依赖，但那时并不知道这就是网恋。只要一有时间，小薇就会上网，等待着老师的出现，而老师除了对她的耐心帮助外，确曾表示过很喜欢她。

　　这样的日子一天天过去，当她在感情上越来越投入时，老师却开始有了保留，甚至很少在网上出现了。小薇至今还记得那个日子，老师告诉她，一个女孩已经默默等了他好几年，他和女孩的关系也得到了双方父母的认可，他要对那个女孩负责。

　　那是一个大风天，天气很冷。小薇已记不得自己是怎样离开的网吧，但她永远也忘不了那一瞬间感受到的震惊、难过和心痛。也是到这时她才明白，自己已经深深地爱上了老师。她不想失去他，也不能失去他。但老师此后却与她越来越疏远，以至完全断了联系。

理智的时候小薇也想过，也许这样对彼此都好。可她就是放不下这段感情。

小薇说：现在老师已经订婚了，听说不久就要结婚。我觉得自己失去了生活目标，没有动力，陷入了漫漫的人生黑洞，看不到一丝光亮。我不喜欢现在的自己，可我不知道为什么会这样。

当事人陷在感情的深渊无法自拔，这类情况在欧阳涛看来倒是比较容易解决的。

首先需要的是接受对方的倾诉。

然后，帮她厘清感情的脉络和现在的处境。

再因势利导，使她一步步得以解脱。

欧阳涛说：小薇，你刚才问为什么会这样，你的叙述中已经含着回答了。

小薇说：可是我心里好难受，觉得活着和死了没有什么区别。

欧阳涛说：我相信你说的是真实感受。可是我也要告诉你，人常常会在一时夸张自己的感受。现在你回忆一下，从小到大你肯定有过很多难受和痛苦的时候，大哭大闹的事情也少不了，现在回过头去看那些事情，会不会觉得当时的反应有点夸张？

小薇低下头想了一会儿，点点头。

欧阳涛说：那么，欧阳老师告诉你，你现在的这般难受，以后也会觉得它夸张可笑的。

小薇却摇了摇头：这不一样。

欧阳涛说：你刚才不是讲过"不喜欢现在的自己"吗？这已经表明，你想要逐步告别这段自我了。

小薇说：我确实想告别这段感情，可是太难了。这几年的事情每天像电影一样一幕幕如在眼前。

欧阳涛说：这很好理解。你和这位老师在网上亲密交往了几年，彼此的感情烙印会很深。不要说这几年他给过你很多难以忘怀的帮助，即使每次网聊时说几句对你的理解和赞许，几年下来也会觉得这种声音是不可或缺的。有一天这个声音突然中断了，你当然会觉得少了什么。

小薇想了想问：人都这样吗，是不是我太软弱太没出息？

欧阳涛和蔼地说：不要这样想。假如我认识一个朋友很聊得来，常有邮件往来，时间长了也会成为习惯。对方一旦不再出现，我也会觉得缺点什么。

小薇看着他，希望再一次确认：你会吗？

欧阳涛说：会的。

欧阳涛告诉小薇：一、她在这件事上已经表现出了可以自拔的极大理性，所以，她很了不起；二、眼下有痛苦度过了，就是人生的经验和财富；三、有些痛苦要靠时间消磨它，过上一段时间痛苦就会渐渐消散；四、从长远眼光看，要把这段经历看得无所谓，因为它实际上也就无所谓；五、行为上要作调整，这段时间少上网，避免遇见对方,把注意力放在新生活的建设上,比如学习、交友、享受,包括赶快找到工作。

曹爽送小薇先走了,田静陪欧阳涛走到大街上。

天已经大黑,城市的夜晚显出耀眼的明亮。街道上车流如织,正面一串串白灯,反面一串串红灯,闪闪烁烁,川流不息,那是城市的生命线。路边一座座高楼灯火辉煌,欧阳涛知道,许许多多的人还在那里忙碌,为了生存,为了发展,为了梦想。

欧阳涛又说起小薇:我见过许多年轻人遭遇网恋。我从不鄙薄这种现象。人是很脆弱的动物。小薇开始上网时只希望寻求帮助,并且幸运地遇到了一个老师。双方的交流开始并不着意,而且相当善意,今天一个问询,明天一点帮助。很多小事看着不起眼,就怕天长日久的积累。

我有个观点,天下有一种有力的东西叫"重复"。重复会造成习惯。习惯比什么都厉害。每天早晨天会亮,谁也不会在意这种现象。但假如有一天早晨睁开眼,发现天再也不会亮了,全世界的人都会很失常。一个与你再不相干的人如果每天送来一捧鲜花,你可能不会怎样上心。但有一天放花的茶几空了,你会觉得缺了点什么。

田静说:这个理论也可以用在求婚上。一个再高不可攀的异性;无论怎样高傲,你天天送她一束玫瑰,天天向她示爱,最终可能产生奇迹。

欧阳涛摇摇头:这个比喻不那么准确。天天送玫瑰花可以,天天示爱就要讲究克制。恰到好处的重复会产生不

天下有一种有力的东西叫"重复"。重复会造成习惯。习惯比什么都厉害。

恰到好处的重复会产生不可抗拒的亲和力。如果掌握不好分寸，重复的结果只能是产生逆反，让人生厌。

在这个世界上，最能杀伤你的一定是和你最亲近的人。

可抗拒的亲和力。如果掌握不好分寸，重复的结果只能是产生逆反，让人生厌。

田静点头：我明白了。你刚才所说的观点还可以用在夫妻生活中。对于那些厮守了很多年的夫妻，看着没有什么激情了，但多年那种看来很平常的彼此呵护，其实力量很大，哪一方失去了都会崩溃。

欧阳涛说：从中还可以引申出一个观点，在这个世界上，最能杀伤你的一定是和你最亲近的人。

小薇上大学后，有个男人一直在关照她，几年下来小薇形成了习惯。有一天对方表示要终止这种交往，女孩就受到了伤害。又比如说，父母对孩子慈祥周到，孩子从小习惯了，心理上产生依赖。一旦有一天父母态度上不注意，三言两语伤了孩子，孩子就可能接受不了愤而出走。再比如，如果一个天长日久崇拜你、热恋你的人突然有一天表示了对你的否定，或冷脸转身而去，这个杀伤力可能并不比那些大事的失败对人的伤害小。

前不久我帮过一个女学生，她的父亲因为婚外情败露，被她说了一句"你不配当我爸爸"，结果情绪失控，开车出了车祸，车毁人亡。女学生来找我时痛哭流涕。我告诉她，多年来父亲已经习惯了你的热爱和正面评价，一旦从你口中说出这种话来，他心理上接受不了。

所以，亲近的人彼此都有一种极特殊的权力，人们要谨慎运用这种权力。

五　女人都是擅长梦想的动物

嫁给有钱人就像抢银行，收益很大，后患也无穷。

周末，田静约夏小艾一起去一家高级宾馆的游泳馆。

这是田静常去的一家游泳馆，泳池宽大，客人不多。即使是节假日，至多是百十来人。不像有的游泳馆，不管什么时候都是人声鼎沸，泳池里人碰人，像煮饺子。

两个女孩先钻进泳池游了一阵，然后到岸上聊天。

这一阵共同操办"婚姻诊所"，夏小艾和田静的关系急速升温，俨然成了闺密。两个人闲扯了一阵，话题不知不觉绕到欧阳涛身上。

夏小艾装作无意地问：听说你早就认识欧阳老师，欧阳老师的爱人是干啥的？

田静诡秘地一笑：动心了吧？

夏小艾装作生气：别以小人之心度君子之腹。我不像你，整天琢磨着找个极品老公，我不过是好奇而已。

田静说：开个玩笑嘛。要说这件事还真得问我。欧阳老师的爱人是我姐姐上大学时最要好的朋友，我姐夫还是欧阳老师的爱人介绍的呢。

夏小艾迟疑了一下，问：欧阳老师的婚姻一定很幸福吧？

田静说：那当然。两个都是人尖儿。欧阳老师的爱人叫雅雯，当年是北大高才生，长得又漂亮，两个人走在校园里那叫一个好看。可惜天下没有十全十美的事，一年以前两个人离婚了。

夏小艾问：离婚？为什么？

田静说：雅雯姐是搞生物化学的，去美国做博士后，原计划跟导师干几年就回来，没想到挺出成绩，据说和另一位科学家合作的项目很有希望获奖。如果回国了，研究就得中断。她从事的研究项目在国内连实验室都没有，而且十年八年恐怕都没有希望建立。选择来选择去，听说两人商量了好一阵子，欧阳老师觉得让雅雯姐继续留在美国更有发展前景，自然就分开了。

夏小艾"哦"了一声，又问：他们有小孩吗？

田静说：有。现在跟着爷爷奶奶。周末，欧阳老师会把孩子接回自己家。寒暑假，会让孩子去美国看妈妈。

夏小艾问：欧阳老师的前妻又结婚了吗？

田静说：听姐姐说，雅雯姐现在和一个美国人处得不错。

夏小艾问：那欧阳老师呢？

田静说：明摆着单身，也看不出他有再婚的意思。

夏小艾想了想，开玩笑道：既然这样，你找欧阳老师不挺合适吗？

田静一笑：实话告诉你，我还真不是没想过。欧阳老师也算是钻石级王老五了，可是你听过他的讲座，一个对等律把多少人都挡走了。

夏小艾说:你不是一直在研究婚嫁奇迹嘛。

田静说:是在研究啊。对于那些特别成功的男人,只有研究了他的特殊需要,瞄准他的穴位,才能一针扎准嫁出个奇迹来。我早就琢磨过欧阳老师,他如果再结婚,要不就还找像雅雯姐这样才貌双全品行俱佳的,要不就找个能够一心一意照顾他的女孩,当然前提是各方面条件要过得去。

夏小艾说:你怎么知道?

田静说:我推断的。这两者我都不太匹配。找雅雯姐那样优秀的,我条件差点儿。找特别理解照顾他的,和我的性格有点不太合。

夏小艾说:我看你挺稳重挺贤淑的。

田静说:那是表面。

夏小艾问:你心目中最理想的对象什么样?

田静说:通常人说的身高、学历、人品、金钱、地位就不说了,我当然都要。我特别希望我的先生有男子汉气概,对家庭有责任感,同时比较宽仁,在需要的时候能靠靠他的肩膀,不需要的时候别太约束我,允许我自由活动。另外,他的成功一定要多一点。

夏小艾说:标准可真不低。你觉得曹爽怎么样?我看他对你挺有意思的。

田静说:曹爽人确实不错,他对我有意思也不是一天两天了。这几年也给我帮过不少忙,要说我对他不动心也是假的,但左思右想,还是下不了决心。

夏小艾说:曹爽多能干呀,三十岁当上总监,过几年

对于那些特别成功的男人,只有研究了他的特殊需要,瞄准他的穴位,才能一针扎准嫁出个奇迹来。

升任总编也不是没有可能,绝对的成长股啊。

田静说:可惜他太年轻,身上的压力太大。

夏小艾说:现在哪个年轻人压力不大,关键是看未来有没有发展。

田静犹豫了一下,说:我指的还不仅是事业压力,他的家庭压力也够他扛的。

夏小艾问:他家怎么了?

田静说:曹爽很小就失去父母,是姐姐一手把他带大的。他姐姐几年前得了重病,不仅花光了所有积蓄,还借了很多债。

夏小艾意外地"哦"一声,不再说话。

田静停了一会儿,叹了口气:女人都是擅长梦想的动物,连我这样在别人眼里过分务实的女孩都天天做着白日梦,你想让一般女人看清现实不痴心妄想,就更不容易了。

两人正聊着,放在休闲椅上的坤包响起柔美的铃声。

田静走过去取出手机接通,顿时现出一脸的勉强,说了一阵后挂断,告诉夏小艾,半个小时后有朋友约她一起吃饭,实在推不过,让夏小艾一起去。

夏小艾问:是追求者吧?

田静点头:算是吧。

夏小艾说:这人是干什么的?

田静说:做生意的。前些年搞房地产、炒股赚了点钱,现在看好婚恋市场,刚刚收购了一个大型的婚恋网站,专为资产 1000 万以上、年收入 100 万以上的成功人士服务。主要客户是港澳台及海外老板。

夏小艾说：这不正好符合你嫁一个极品老公的婚姻理念吗？

田静说：我这几年做传媒，的确认识了不少有钱人，也从婚姻的角度打量过他们。就像欧阳老师在讲座中讲的，真正的钻石王老五少之又少，能够适合自己的就更是少之又少。

我跟这个人是一年前认识的，按照婚姻对等律，他能看上我，除了外貌，还有很多具体原因，比如我搞传媒，国内媒体资源丰富；外语好，可以帮他开拓海外市场；此外，我这个人又比较务实，可以成为他日后生意上的帮手。

夏小艾说：既然这样，何必总躲着他？

田静说：对方并不是王老五，现在有妻有子。

夏小艾说：是这样？

田静说：他们夫妻感情长期不和，老婆是个醋坛子，修养极差。见丈夫有了钱，就整天疑神疑鬼当警察，神经病一样，是个很难维持下去的家庭。即使没有我，他迟早也会离婚的。

夏小艾说：这样说来，你们之间应该没有什么障碍了。

田静迟疑了一下，说：一来我对他的人品还不十分有把握，二来你刚刚提到曹爽，我现在对到底怎样选择还有别的考虑，一时下不了决心。

两人边聊边走到宾馆大门前，等着对方来接。

没想到一辆宝马车已经停在那里，车主正扶着车门站在那里昂着头打手机,一身休闲装,中年微胖,一头板寸,很精神的样子。

田静说:就是他。

夏小艾说:他叫什么?

田静说:张元龙。

那个张元龙没发现田静已经出来,还在电话中大声发话。

田静没走过去,站在那里等着对方发现。

她指着面前流流荡荡的车流人群对夏小艾说:你看,这世界每个人走在外面都人模人样的,好像很正常,其实相当多的都是婚恋问题人。没结婚的想结婚,一大堆问题要解决。结了婚的过日子,也有一大堆问题要解决。

身边走过几个富家太太,穿着时髦,神态悠闲,有人还牵着狗。

田静看着她们的背影,说:这几个人一看就是全职太太,住着高尚小区,好吃好喝,每天遛遛狗,看看电视,结伴逛逛商场,做做美容,日子过得富足休闲。但这类人恰恰最苦恼,先生在外面做生意挣钱,养小蜜包二奶肯定没闲着,当太太的知道了也只能将苦水咽到肚里。

夏小艾突然想起什么,问:欧阳老师的孩子多大了,男孩还是女孩?

田静说:我就知道你心里还惦记着这事。是男孩,正在上小学。

这世界每个人走在外面都人模人样的,好像很正常,其实相当多的都是婚恋问题人。没结婚的想结婚,一大堆问题要解决。结了婚的过日子,也有一大堆问题要解决。

六　郁闷的跨国婚姻搬运工

婚姻需要建立在对等的基础上，不对等的婚姻一定会产生裂痕的。

傍晚，欧阳涛接待了一位特殊客人，一位从美国回来探亲的中年人。

自从开办"婚姻诊所"以来，一夜之间欧阳涛身边冒出了许多莫名其妙的朋友。以前的熟人自不必说，一些多年无任何来往的人也纷纷自称他的朋友，哪怕只在会议上见过一面，彼此的交情仅限于交换名片。这颇有点黑色幽默的意思，让欧阳涛哭笑不得。更要命的是，朋友套朋友，那些自称为朋友的人又介绍着各自的朋友带着种种"迫在眉睫"的婚恋问题找他咨询，这几乎打乱了他的正常生活，连周末与儿子一起吃晚饭也都几度被迫取消。

男人叫邱少平，按照约定的时间在他下班后来到办公室，两人面对面坐下。

欧阳涛注意了他一眼，戴着眼镜，有些秃顶，不算好看。

几乎没有开场白，直接就进入主题。

邱少平先叹口气说，作为男人，他的婚姻很不幸。

他说是从朋友那里知道欧阳涛的，在网上看了"婚姻诊所"的全部讲座,非常佩服欧阳涛对婚姻问题的独到眼光。又说自己明天就要回美国,这些年在婚恋问题上的挫折如鲠在喉,不吐不快。他想让欧阳涛帮他分析一下,自己究竟错在哪里,命运为何如此捉弄自己。

尽管心里有万般的不耐烦,但见到来人时,欧阳涛还是显得很平和很耐心,这是他的教养。再听来人这样一说,欧阳涛的心境已彻底平静下来。

他起身给客人沏了杯茶,然后说:不着急,慢慢讲。

以下是邱少平的故事。

邱少平出身贫寒,外在条件明显不那么优越,在国内读书时就很自卑,基本没有谈过恋爱,知道除了发愤读书没有别的出路。大学毕业后考取了全额奖学金,几年下来戴了一顶博士帽,然后找到一份薪水不错的工作,自觉已逐渐融入美国社会。

初到美国的邱少平自有一番雄心壮志,知道一个穷学生不会有什么好价钱。再加上留学生中男女比例严重失调,女孩本就不多,且大多名花有主。一来二去,直到工作了,三十多岁还是单身。

国内的父母早就急得不行,催他赶紧找对象。

他那时刚刚认识一个蓝眼睛的美国女孩,交往也算甜蜜,但相处久了,就显出不同文化背景的差别。邱少平认为很有意思的话题,女孩听了一点反应没有。而引得女孩哈哈大笑的笑话,邱少平觉得一点不可笑。两个人并不争吵,但日渐冷淡,最后平和地分手。

这次恋爱经历使邱少平认识到文化背景的重要。

他决定，如果结婚，一定要找中国女孩。

那时邱少平还不到四十岁，找对象的事一经家人传开，上门提亲的人络绎不绝。他所在的公司有在华业务，再加上休假，每年能在国内往返几次，待上两三个月。这样，他陆陆续续见了一些女孩，二十多岁三十岁上下。他的要求很简单，英语要好，毕竟要带出国，要能够交流，语言不能从头训练。再就是相貌，不是自然接触产生的感情，凭什么交往下去呢？赏心悦目是必须的。

他找到了一个二十多岁的女孩。

女孩很漂亮，走到哪里都有"回头率"。

邱少平带回一个漂亮的中国太太，让身边的一干同事很是羡慕，小家安顿下来也算得上甜蜜。这样过了不错的两三年，妻子的美国国籍也办下来了，而且有了自己的社交圈子。但他发现妻子在家的时间越来越少，他下班回来，常常一个人面对着冷锅冷灶。也有过争吵，但妻子还是我行我素。

问题出在他出差的几个月里，他晚上打电话时家中常常无人接听。等回来时，妻子已经怀孕，孩子自然不是他的。对方是个蓝眼睛的白种人。

邱少平岂能容忍此等奇耻大辱，坚决把婚离了。

这次离婚使邱少平元气大伤，有三四年时间不敢再想结婚的事。

邱少平也想过自此就过单身的日子，但忙累了一天回到空荡荡的家，面对着喋喋不休的电视机倍感寂寞。且父母年岁已老，所谓"不孝有三，无后为大"，一打电话就唠叨着要他赶快结婚,担心有生之年看不到孙子。

邱少平想,人活一世孩子总该要的。遂回国开始了新一轮的婚姻经营,所幸一切顺利,不到半年,他又带回了一个可人的新娘。然而,命运偏偏跟他开起了玩笑,当妻子拿到绿卡后,再一次移情别恋,不久成了别人的新娘。

对于邱少平而言,两次婚姻耗去的不仅是大量的时间、金钱,还有一个男人的自尊和自信。他纯粹是当了"跨国婚姻搬运工"。

听邱少平讲完了自己的婚姻经历,欧阳涛说:你看过我的"婚姻诊所",如果让我分析,你的两次婚姻之所以失败,问题还是出在彼此关系的不对等上。

邱少平不解:如果不对等,她们当初为什么愿意嫁给我?

欧阳涛说:你的两次婚姻最初都是对等的,不对等是出国后的事情。

邱少平问:什么意思?

欧阳涛说:如果这样的女孩本来就在美国,你能找下她们吗?

邱少平摇头。

欧阳涛说:那为什么回到中国就能找下她们呢?因为你能把她们带出国,这个因素使你多了一点优势,彼此形成了一种暂时的对等。然而,到了美国以后,这种暂时优势就消失了。在那样的环境中,一个美国国籍算什么,土生土长的美国人满大街呢。

因此,你和她们在新的环境中显出了不对等。

邱少平说：我看你的讲座时也想到这一点。按照她们各自的条件，在美国确实能找到比我强很多的男人。可是，做人不能这么不讲道德、不讲信用啊。

欧阳涛说：说到道德信用，那就是另一回事了。有些女孩会觉得这样做不道德，会把这份婚姻保持下去；但有的女孩不仅不会维持这种婚姻，心里可能还会说，你用美国国籍把我们搞到手才是不道德呢。

因此，对你的两次婚姻失败，同样可以得出结论，婚姻需要建立在对等的基础上。

不对等的婚姻一定会产生裂痕的。

暂时的对等只能造成暂时的稳定；对等的条件一旦消失，婚姻的稳定性立刻受到破坏。

而暂时的对等，往往是借助一些暂时的差别造成的。

譬如你在美国，女孩在中国，这之间有一种"地区差"。你利用地区差和对方获得暂时的对等。对方觉得能跟你去美国很不错。对方一旦到了美国，地区差消失，原先的对等就肯定变得不对等了。

还有一种暂时的差别叫"经验差"，这还不单是指你。譬如男人的生活经验丰富，女人相对单纯一些。明明男方的其他条件和女方并不对等，但是他凭着经验和手段把女方搞到手。他利用了经验差。随着女方的成长和成熟，经验差消失了，婚姻的不对等性呈现出来，家庭也因此出现裂缝。

更常见的是"贫富差"。男方暴富，利用这个优势找到年轻貌美的女孩。男方生意失败了，变得一贫如洗，甚至

婚姻需要建立在对等的基础上。
不对等的婚姻一定会产生裂痕的。

负债累累,婚姻的不对等呈现出来。没有了那份财产,女方会觉得男方根本配不上自己,婚姻自然很难稳定了。

说到这里,欧阳涛总结道:所以,任何凭一时的优势和手段得来的所谓好婚姻,都是很难保险的。

从这个意义上说,所谓"单方的超值发挥"是不存在的。

婚姻对等律非常坚实有力地支配着婚姻的变动与成败。

邱少平有些茫然:这样说来,道德和信用在婚姻中就不存在了?

欧阳涛说:从整个社会来讲,会有舆论谴责那些把婚姻当成跳板的女性,社会的道德制约也会在一定程度上保护家庭的稳定性。然而,道德的制约也只在一定限度内,超出一定的限度,本身也失去合理性。如果一个女孩并不是因为爱情嫁给你,一旦她跟你到了美国,对那个环境熟悉之后,看到自己能选择的对象比你强很多,她即使在道德约束下勉强维持这个婚姻,内心也会不平衡。你觉得这样的家庭有没有内在危机啊?

邱少平说:那婚姻也不能全讲条件对等啊,即使不说道德约束,也还有感情吧?

欧阳涛说:讲到感情,问题就更深入了。

如果双方已经建立了很深的感情,那是另一回事。问题是你们之间通过相亲认识,你凭借美国国籍把她搞到手,她呢,也因为想出国才跟了你。这样的关系到了美国肯定难以稳定。

任何凭一时的优势和手段得来的所谓好婚姻,都是很难保险的。

一个各方面条件都优于你的女孩在美国面对多种比较和刺激,心中产生不平衡是必然的。本来嘛,人家肯跟着你漂洋过海,一定是有所图的。这时,什么样的因素可以制约她对家庭的偏离呢?除了道德感,这是一;除了社会的道德评价,这是二;还有她在这婚姻中得到的爱和幸福——这第三点才是最最重要的。

只有彼此感情的丧失是她不能付出的代价,家庭才有真正的保证。

邱少平愤然道:我刚才跟你争论什么道德啊感情啊,其实我很相信你的对等律,人们就是看相貌、金钱这些外在条件,讲的就是这些条件的对等。

欧阳涛说:也不尽然。我们讲婚姻对等时,双方的条件不仅包括相貌、金钱、地位,还有人品、性格,这是一个全面的对等。有时候人品和性格魅力也是相当重要的。

再往深了说,婚姻的对等还有更加内在的内容。很多婚姻能够长久维持下来,是靠一些与金钱、地位、相貌基本上没有关系的内在因素。

邱少平有些不解。

欧阳涛说:我认识一位年轻人,他的姐姐与男友相恋多年,姐姐在婚前不幸诊断出患有白血病,但男友还是坚持和她结了婚。现在两个人已经结婚好几年了,男方一直承担着照顾病人的重担。你说他们的婚姻对等吗?你会和这样一位女士结婚吗?

邱少平摇了摇头,没有说话。

欧阳涛说:俗人可能会说,这个男人这样做是因为木

讲婚姻对等时,双方的条件不仅包括相貌、金钱、地位,还有人品、性格,这是一个全面的对等。有时候人品和性格魅力也是相当重要的。

已成舟,不得已而为之。

据我了解,婚前女方得知自己患有重病后,怕拖累对方,曾坚决表示要断绝这种关系,是男方一而再、再而三的坚持才最终结了婚。这位朋友的姐夫说,第一,只有这样做他才安心;第二,只有和他姐姐结婚自己才感觉幸福;第三,只有这样做才能鼓舞妻子战胜疾病,争取一线生机。这三条里最重要的一条是,任何一方失去对方都是不能忍受的,只有两人结合才幸福。这就是爱情的力量。

邱少平说:这位姐姐一定有了不起的过人之处。

欧阳涛点头:是很了不起。在一般人看来痛苦难忍的疾病和死亡威胁,她一直能微笑面对。只要病情稍有稳定,她就会尽量照顾和安慰对方,好像不是她需要照顾,而是对方需要照顾。

这就是双方形成的内在对等。

在谈话结束时,邱少华问:你对我有什么建议?

欧阳涛说:听了你的故事,我想说的只是,活个人很不易。

所谓很不易,首先是指选择。

婚恋的选择几乎是仅次于事业、职业选择的人生第二大选择。

无论男女,都不要选择错误才是。

懂得了婚姻双方是对等的,就要放弃幻想,从实际出发,找到一个真心相爱并愿意与你携手一生的女人。

婚恋的选择几乎是仅次于事业、职业选择的人生第二大选择。

七 婚嫁奇迹

聪明的女人，如果能够瞄准男人的特殊需要，就能嫁出奇迹。

在又一期"婚姻诊所"讲座开始之前，欧阳涛对夏小艾讲了邱少平的故事。

欧阳涛说：邱少平的遭遇充分证明了婚姻对等律。当彼此对等时，婚姻建立。对等条件消失了，婚姻就可能出现危机。

他还谈到那位坚持与患病女友结婚的丈夫。

夏小艾说：你说的是曹爽的姐夫吧。我听田静说过他们的事情，曹爽的姐姐的确是个了不起的女人。

欧阳涛说：曹爽姐姐的婚姻充分说明，某些看来不对等的婚姻却可能很稳定，那是因为彼此关系的内在是对等的，只不过一般人看不到而已。我们把这种种类似情况概括为特殊对等律。

能证明特殊对等律的婚姻满天下都是。

我认识一对老年夫妇，老头是中国一流的建筑学家，高级知识分子，老太太是家庭妇女，没多少文化，可是他们的婚姻相当美满。按一般条件看，文化学历地位之类，两人完全不对等。但是，他们恰恰有一种内在的对等，老

某些看来不对等的婚姻却可能很稳定，那是因为彼此关系的内在是对等的，只不过一般人看不到而已。我们把这种种类似情况概括为特殊对等律。

头完全离不开老伴。老太太是典型的贤妻良母,四五个孩子都由她一手带大,照顾丈夫持家生活更是一把好手。虽然文化不高,可是遇事比老先生还有主意。老头在"文革"中受冲击,"文化大革命"后落实政策,老头磨不开面子的事,都是老太太四处找人。

彼此给予对方的是无法替代的同等价值。

这就是对等,就是彼此给予对方的是无法替代的同等价值。

夏小艾说:这种内在对等可以说是双方对家庭的贡献对等。

欧阳涛说:只说对家庭的贡献还有局限。内在对等常常还有更深刻的心理学内容。

夏小艾问:怎么讲?

欧阳涛说:一方能够满足另一方某种特别的心理需要,也会成为对等的条件。

夏小艾说:这样讲太抽象,我还理解不了。

欧阳涛说:都说卡米拉嫁给查尔斯是婚姻奇迹。黛安娜死后,多少女性趋之若鹜,查尔斯完全可以找到更年轻漂亮的女人,然而,他就是看上了卡米拉。在一般人眼中,卡米拉年纪大,相貌也不出众,人们不明白查尔斯迷上了她哪一点。

夏小艾说:有人说查尔斯是恋母情结。

欧阳涛说:即使有恋母情结,查尔斯也可以找一个性格更成熟的漂亮女人,不一定非找卡米拉。我看过一些资料,卡米拉肯定是以她特殊的人格给予了查尔斯在别人那里很难得到的满足和幸福感。

这样，一个看来完全不对等的婚姻却很对等甚至很美满地建立了。

夏小艾说：你的结论呢？

欧阳涛说：结论很简单，查尔斯从心理学上讲是一种特殊人格，有着特殊的心理需要。当卡米拉能够满足这种特殊的心理需要时，他们就十分对等地结合了。

夏小艾问：这种情况很个别吗？

欧阳涛笑了：也不能这样说。相当多的人都会有某种特殊的心理需要，只不过有的人特别突出，有的人不太突出而已。能够看明白这一点，才会了解天下各种婚姻奇迹的奥秘。

夏小艾说：揭示了卡米拉和查尔斯的婚姻奥秘，不仅不能推翻你的婚姻对等律，反而更深刻地证明了你的婚姻对等律。

欧阳涛点头：没错。

夏小艾说：你的结论是，婚姻必然对等，不对等的婚姻必然会失去维持的基础。

而我还有一个更绝对的观点。

欧阳涛说：你说。

夏小艾说：无论是对等的婚姻，还是不对等的婚姻，其实都没有太大意义。

欧阳涛说：是不是太绝对了？

夏小艾说：当人们都在讲婚姻的神圣和重要时，应该有一个声音出来唱反调。你不是也讲过这样的观点，任何立论必须有反论对比着才能使人看清全貌。有机会我打

相当多的人都会有某种特殊的心理需要，只不过有的人特别突出，有的人不太突出而已。能够看明白这一点，才会了解天下各种婚姻奇迹的奥秘。

算专门扮演反方,说婚姻没有必要。

欧阳涛笑了：真把七情六欲都放下了，倒是彻底解放。

夏小艾说:我还要好好准备一下,到时让你见识我的厉害。

八 绝对隐私

人与人交流,有一个对等规律。

作为京城的白领精英，夏小艾常在下班后参加各种聚会。

这天，夏小艾回到家时已是深夜。她尽量不惊动妈妈,悄悄洗了澡换了睡衣,回到自己房间。

她将开启一段封存已久的秘密。

她打开电脑,进入自己的私人博客。

夏小艾有两个博客，一个工作博客，一个私人博客。工作博客是她展示自我、广交朋友的平台与窗口。私人博客则只允许十几个好友访问。在私人博客里还有一些文件,只有她本人才能进入,那是她心灵最隐秘的角落。

她输入密码,进入"绝对隐私",打开一个文件。

欧阳老师：

　　您好！在我读您的第一本书时，就想给您写信，但一直非常犹豫。

　　在此，先谢谢您能耐心读完这封信。

　　我是一个二十岁的女孩，父母在我很小时就离婚了。我甚至不记得父亲的样子。从懂事起，这件事就成了压在心头的不小负担。在中学的六年里，我没有在同学和老师面前提起过自己的家庭。不管心里怎样难受，遇到什么困难，我从不对任何人诉说，因为不想看到别人同情的眼光。但许多事情长期憋在心里，对我的伤害可能更大。

　　由于从小缺乏父亲的关爱，和同龄人相比，多少经历了一些世态炎凉，内心不自觉地有一种自我保护意识，特别怕受到伤害，总会有一种战战兢兢的感觉。

　　多年来，内心一直有很多声音在斗争在挣扎，不知怎样向别人说起我的家庭。有时也想编一些谎言，可是天生不会撒谎，连想一想都会感到不安。更害怕万一说漏了嘴，在朋友同学面前抬不起头。

　　在母亲嘴里，父亲是个十恶不赦的坏蛋，婚前信誓旦旦，婚后不负责任，是个既爱官又贪色的男人，"慈爱"两个字与父亲无缘。

　　母亲的描述给我的心灵留下很大的伤疤。

　　我是一个诚实的女孩，并不想欺骗任何人。一方面，我不想隐瞒自己的家庭情况，因为时间久了终究

　　由于从小缺乏父亲的关爱，和同龄人相比，多少经历了一些世态炎凉，内心不自觉地有一种自我保护意识，特别怕受到伤害，总会有一种战战兢兢的感觉。

会有被揭穿的可能。另一方面，我觉得现在的人都很势利，万一别人知道了父母的情况，会不会瞧不起我？

我是不是很虚荣？一直处事谨慎的母亲从小就再三叮嘱我，一定不能让别人知道父母已经离婚的事。母亲说，要是别人知道了，万一与同学有什么矛盾或做得不好的地方，别人会不会拿这个说事？比如说一些有其父必有其女的怪话。所以，我是处在很矛盾的境地，对外人抱着躲避的态度。现实中人们大多以利益为重，好像随时都会变脸。一想到这些我就感觉很冷。

我在高中时曾有过很长时间的心理障碍，经常和自己过不去，身体也不大好，内心时刻充满浮躁和不安，有段时间甚至把能睡着觉和不生病当作人生的唯一目标。现在虽然好一些，但那个让人心痛的根结一直存在。一位女作家曾经说，没有人比你自己更了解自己，我对这句话始终半信半疑。有时候觉得很了解自己，有时候又觉得并不知道自己是怎么回事。

欧阳老师，这样想问题是不是很幼稚？

但内心总在纠缠，解决不了，情绪时时低落。

我实在想拥有正常人的快乐和幸福。

但也一直担心，单亲家庭长大会不会对我以后的人生有显性或隐性的影响？

恳请得到老师的指导。

丫丫

丫丫：

　　你好！前几日去外地开会，一直没有时间上网，复信晚了几天，一定着急了吧？

　　非常理解你的心情。你从小生长在单亲家庭，无论从社会学还是心理学的角度，父爱的支撑都是一个女孩身心健康成长的重要条件，而你，恰恰在成长的过程中从未得到过父亲的任何依靠、指点和帮助，你的不安全感由来已久。

　　看来，你的母亲没有很好地消化自己在婚姻上的失败。如果她能够意识到离异只是一种生活状态，甚至更有利于自己的生存和子女的成长，是一种正面的选择，她就会心态正确，不自卑。那么，她灌输给女儿的就会是比较良性的影响，女儿也不会有太大压力，自然更不会有太多的自卑感。我们能看到，许多独自抚养孩子的单身女人获得了社会的尊重，使人们认识到她的独特价值，她在这种生活中同样得到了成功和快乐。你之所以对自己的家庭背景产生如此强烈的自卑和恐惧，包括那种想要遮掩的冲动，很大原因还在于母亲的影响。

　　相比于那些完整的家庭，单亲家庭总会面临更多的困难，首先是物质生活的相对匮乏，精神的贫弱就更明显。对于你来说，父爱的缺失还不仅仅是缺少亲情，它带来的是一系列伤害。在女儿眼中，父亲往往是世间最强大的靠山，远比母亲更有力量。在这种情况下，你想掩饰自己家庭背景的冲动是一种心理保护机制，完全可以理解，对自己无须指责。

此外，当整个社会不能正确对待单亲家庭及其子女的时候（所谓正确对待，不是善良的同情和怜悯，那恰恰可能成为一种刺痛），要让自己的心理健康起来。随着社会文明的进步，那种善良的歧视、对单亲子女居高临下的同情肯定会被逐渐弱化。

到了整个社会对单亲家庭都能做到一视同仁的时候，自然不需要掩饰了。

希望你能够正确批判自己在这方面受到的文化污染。不必屈从于这种社会评判，不必受母亲的误导，大胆追求你内心的期望，"拥有正常人的快乐和幸福"。母亲属于上一代人，她有自己的伤痛和负担，她无法越过的自卑情结，你用不着把它接过来。

你要这样想：

第一，相对于那些完整的家庭，我的成长环境确实并不理想，我缺失了一份父爱，在困境中少了一份支撑，还要受到自卑和某些"善意同情"的伤害，我的物质生活也不如许多同龄的孩子，然而，我却依靠自己的努力成长为一个非常好的女孩。

虽然不在同一个起跑线上，却和大家一样跑到了终点，说明我了不起。

要提高自己的自尊和自信。

第二，单亲怎么了？在单亲家庭长大的孩子应该得到他人更多的尊重。

当整个社会不能正确对待单亲家庭及其子女的时候（所谓正确对待，不是善良的同情和怜悯，那恰恰可能成为一种刺痛），要让自己的心理健康起来。随着社会文明的进步，那种善良的歧视、对单亲子女居高临下的同情肯定会被逐渐弱化。

这是因为单亲家庭的孩子会比普通孩子经历更多的锻炼，在心理上更成熟，如你信中说的，提前了解了世态炎凉。正因为从小要面对复杂的人际关系，总想躲避别人的伤害，你有可能比一般孩子敏感，比一般孩子早熟，比一般孩子多一点心理透视的能力。你不仅能够更好地了解自己，也可能更好地了解他人。这是在屈辱感、自卑感和自我保护的特殊境遇中训练成长起来的社交智慧、心理自审和他审的智慧。

这是一种宝贵的人生经验，对辛酸苦辣的提前体验、锻炼和成熟，是你一生的财富。

这样一想你就知道，自己比许多人"富有"。你应该为此感到骄傲。

至于自己的身世，欧阳老师告诉你一个小小的技巧。

人与人交流，有一个对等规律。你若问了对方父母的情况，他就有权利问你。若别人告诉你了，你不告诉别人就不合适。所以，自己不愿说的事情，不要向他人打听。

第二个小技巧，一旦别人问了，你可以顾左右而言他，尽可能转移话题就完了。

不刨根问底是现代人都懂得的礼貌。对一个人提问，问一次两次别人都不愿回答，对方就不应该问了。比如问一个人收入有多少，他一次不说，两次不说，别人就明白他不愿说，也就不会问了。

父母离婚是他们的事情，和你有什么关系？你已经长大了,有自己的学习和生活,别人不会因为你的父母离婚而对你另眼相看,不要过分敏感。你也可以换位思考一下,如果你认识一个年轻人,他的父母离婚会影响你对他的看法吗?

现代人已经越来越懂得尊重个人隐私。对你来说,家庭状况既不必刻意隐瞒,也不必四处张扬。别人知道了也没有什么,相信不会对你造成什么不利影响。

放下这个包袱吧,希望你自信阳光!

欧阳老师

重读这份精心保存下来的信,夏小艾再一次感受到了当年读信时的感动。

那时自己刚上大学,在新的环境里像个丑小鸭,孤独而且压抑。

她在学校图书馆读到欧阳涛的一本心理学著作,里面讲到童年经历与人格成长的关系。在书后看到了那个使她至今都倍感亲切的信箱,于是,她抱着试试看的心态写了一封信。

那是一个漫长的等待。她每天都会去网吧收信,但每一次都失望而归。她想,对于一个陌生女孩的来信,像欧阳涛这样的学者恐怕根本不会注意, 或者完全不屑于回复。也在内心为他编造着各种各样的理由,他很忙、网路不通,等等。然而,就在信发出后的第七天,在她完全不抱希望的时候,信意外地来了,而且是那样长的一封回信。

她至今还记得当年读信时的那种激动。那是一种怎样的理解和善意啊，像一缕阳光照进了她年轻的心灵。从此她不再觉得孤单，那个温暖的声音一直伴随着她。

她因为这声音的支撑而一天天变得富有。她找到了一个女孩的骄傲和自信。

欧阳涛成了她心里的一片绿洲。她关注着有关欧阳涛的一切信息，只要有他的作品出版，她一定会在第一时间购买。当网站开始策划"婚姻诊所"并决定由她亲自主持这个节目时，夏小艾无法想象自己的幸运。

然而，主持过那么多名人访谈，她也有一点点担心，怕活生生的欧阳涛站在面前时会让自己失望。

他没有让自己失望。他是那样亲切睿智，然而又慈爱单纯。

从田静那里知道欧阳涛已经离了婚，她止不住会想，他还想结婚吗？一个人的日子他过得可好？

他还记得那封回信吗？他可知道那个叫丫丫的女孩如今是谁，当年那封也许并不经意的信件怎样温暖了一个孤寂女孩的人生？

这一天，欧阳涛在电脑前工作到很晚，在结束工作时他习惯地点出邮箱收信。

又有一封丫丫的来信。

尊敬的欧阳老师：

你好！忙碌了一天的你一定早已休息了吧。

愿你的智慧成为开启幸福人生的金钥匙，使更多的人得到启迪和帮助。

愿丫丫的祝福能伴随老师做个美梦。

好人一生平安！

丫丫

肆　　　　婚恋殊途

一　爱情与人格

婚姻为什么有对等律？因为每个人对婚恋的要求大致相同。

婚姻为什么又有特殊对等律？因为每个人对婚恋的要求又有其特殊性。

"婚姻诊所"原计划讲二十期，现已过半，节目的影响越来越大。

夏小艾一时竟成为网络红人，不少人给她写信、打电话、在线留言，希望上这个节目，让欧阳涛亲自解析自己的婚恋难题。

这一期欧阳涛要讲的是"婚姻的特殊对等律"。

夏小艾事先请女性频道做了调查：女人选老公，标准是什么？

讨论相当热烈。夏小艾想将这期讲座搞得有趣些，就从希望参加现场讨论的网友中选出几个人，并把姐姐夏小米也拉来了。

夏小艾说：我早就跟欧阳老师讲过你的情况，何不借此机会认识一下？

除了这些人，夏小艾还请来两位特邀嘉宾。

一个是在网上开店的南方女孩华小青，她高中毕业后来北京打工，从餐馆端盘子到店里卖服装，同时忙里偷闲学服装设计。在对这个大都市越来越熟悉之后，自然不再满足打工妹的日子。两年前听说许多人把店开在了网上，用几千元甚至几百元的启动资金就做起了生意，华小青动了心，花两千元钱注册了网上商店，做起了小老板，并为自己起了个小资的名字：索菲。她把目光瞄准了爱漂亮、手头又宽裕的女性白领，专营女性服装及时尚饰品。由于进货眼光好，讲究信誉，一年多来她的小店已经在网上小有名气。

夏小艾是在网上购物时认识华小青的，慢慢和她成了朋友，经常推荐好友光顾她的小店。知道华小青二十五岁，未婚，便邀她参与话题讨论。

华小青原本就喜欢看这个节目，就欣然答应了。

定下华小青后，夏小艾又想到谢安琪。

谢安琪是刚刚红起来的模特，不久前得过一个大奖赛的最佳人气奖，是正在上升的星。之前谢安琪到网站聊过天，对夏小艾相当客气。前几天她的经纪人打来电话，说刚刚编了一本谢安琪的写真集，公司准备大力宣传，希望网站安排点活动。夏小艾顺水推舟邀请谢安琪到"婚姻诊所"参与讨论。经纪人到网上一看,相当热闹,于是爽快地答应下来。

当欧阳涛走进聊天室时, 一干人已在各自的位置坐好。

华小青短上衣低腰裤,一副泼辣能干的样子。

谢安琪长发淡妆,素雅秀气,一看坐姿就非常职业。

夏小艾一一介绍之后,欧阳涛开门见山,这次我们要讲"婚姻的特殊对等律"。

欧阳涛说:我们已经讲了婚姻对等律。婚姻给双方带来幸福和生活保障。婚姻交换爱情,也交换金钱等物质因素,还给彼此提供安全、理解与尊重。正是从这个意义上讲,现代自由婚姻形成一种对等律。既不会无缘无故地获取,也不会无缘无故地给予。

然而, 如果对婚姻对等律深入一步考察, 我们会发现,实际生活千差万别。一些婚姻从表面看来似乎远离对等律。那么,我们今天要讲明的是,那是一种特殊对等律。

婚姻为什么会有对等律? 是因为每个人对婚恋的要求大致相同。

婚姻为什么又有特殊对等律呢? 是因为每个人对婚恋的要求又有其特殊性。

譬如,我们曾讲到现代女性在选择丈夫时,一般会考虑如下七个条件:身高(含相貌),年龄,学历文化,金钱地位,性格,人品,家庭背景——这是一般的标准。

具体到人,当然会有差别。

我现在就要问一问谢安琪和华小青, 你们选择男友

现代自由婚姻形成一种对等律。既不会无缘无故地获取, 也不会无缘无故地给予。

的标准是什么？

谢安琪说：我基本上就是这七个标准：身高、年龄、学历、金钱、性格、人品、家庭背景，或者也可以做点微调，把性格、人品放在金钱地位前面，这要看具体情况。

欧阳涛点点头：你的文化程度？

谢安琪说：大本。

欧阳涛又问华小青：你选择男友的七条标准是怎样排列的？

华小青说：我主要考虑三条，一是金钱，二是人品，三是身高，其他几条无所谓。

欧阳涛问：为什么？

华小青说：有钱，说明男人有本事，未来生活会有保障，这是最实际的。有人品，就会靠得住，要不过上两年包个二奶，我就惨了。三是身高，无非是说相貌要过得去，别走在街上让我太难看就行。其他什么年龄大点，性格是粗是细，会不会说笑话，没多大关系，过日子不讲究这些。学历什么的我也不看重，有真本事就成。

欧阳涛问：你的文化程度？

华小青不以为意地一笑：我连高中都没有念完。

欧阳涛问谢安琪：华小青认为学历无所谓，你能省略这一项吗？

谢安琪说：不能。

欧阳涛说：如果对方很有钱很成功呢？

谢安琪想了想说：一个没什么文化的人包了两座煤窑，挖出几千万来，我还是不愿意和他结婚。

欧阳涛说:性格这一条呢,能省略吗?是粗是细,有没有幽默感,对你来讲很重要吗?

谢安琪说:一个人有钱又有学历,可是性格乏味,甚至有点怪戾,我是不情愿嫁给他的。

华小青这时插话:我说看重三个条件,另外四条如果有我也不反对。

欧阳涛笑了:刚才谢安琪、华小青的坦言让我们看到,两个年龄相仿的女孩在选择男友时,对七个通行条件的排列与取舍是不一样的。谢安琪认为七个条件缺一不可,甚至认为可以把性格排到金钱前面。华小青则认为,只要有钱、人品靠得住、外貌不难看就可以了,其余四个条件可有可无。

这样看来,她们未来的婚姻会有很大差别。

谢安琪认为很对等的婚姻,在华小青眼里就可能不大合算。

而华小青感觉很理想的婚姻,谢安琪又会觉得不够圆满。

从谢安琪和华小青出发,总结更多的婚恋现象,我们会发现,人们在婚恋中的需求,除了有共性,还带有个性。每个人都可以想一下,你在选择异性朋友时,对那几个通行的条件是如何取舍排列的。那是解剖你对婚恋特殊需求的密码。

如果进一步细分,还可以对七个条件各占的百分比做个估计,那就更说明问题了。

欧阳涛转头问华小青:你说只看重三个条件,一是金钱,二是人品,三是身高,那它们各有多大百分比呀?

华小青想了一下:金钱占一半,人品占百分之三十,身高占百分之二十。

欧阳涛说:好,这样,我们就进一步了解婚恋需求的特殊性了。

每个人都不妨这样分析一下自己,对这七个条件进行一二三四五六七的排列,并给每项打出百分比,就会知道自己婚姻取向的个性了。

夏小艾这时插问:人们为什么对婚姻的需求有差别?

欧阳涛说:原因一,家庭背景不同,也就是从小受到的影响不同。

原因二,文化与阅历不同,像谢安琪大学毕业,华小青高中都没有读完。

原因三,阶层不同。

夏小艾说：你在过去的讲座中提到卡米拉和查尔斯的婚姻,我觉得仅有七个选项上的取舍排列,还不能完全说明婚姻取向的特殊性。

欧阳涛说:这正是我们往下要分析的事情。

女人选择男友,或者男人选择女友,除了对通常所说的身高、年龄、学历、金钱、人品等条件的考虑,还有一些不被人注意的更特殊之处。

他转向华小青:你选择老公时,希望他是大一点的男人呢,还是小一点的男人? 这里不光指生理年龄,主要还指性格,即他是个兄长似的大男人,还是个弟弟似的小男人。

华小青说:这倒无所谓,大一点可以,小一点也可以。

欧阳涛问谢安琪:你呢?

谢安琪说:我希望他像兄长。我不希望找小男人。

欧阳涛接着问:你们希望未来的丈夫是主动型的,事事有主见呢,还是被动型的,事事听妻子的?

华小青说:我希望外面的事他管,比我有主见;家里的事我管,他别有主见。

谢安琪说：我希望他比较主动，谈恋爱绝不要我追他,遇到事情有主见。

欧阳涛说:好的,华小青和谢安琪在选择男人上又表现出新的差别了。

谢安琪明确要找大男人,不要小男人。华小青则认为大一点小一点都可以。

我估计有的女孩只愿意找小一点的男人，事事管着对方。

欧阳涛看着在场的几个年轻人说:男士们也说说,你们选择女性喜欢什么样的?

一个年轻人说:我喜欢女人成熟一点,贤惠理家,我到家里能被她照管起来。

另一个年轻人说:我喜欢女人活泼外向,不管到什么年龄都有股天真样儿。我不愿意被管,我愿意照管对方。

欧阳涛说:通过对两位女性、两位男性的提问,我们发现,人们在选择对象时,还有一种特别的取向差异。对于女性来讲,她有一个选择大男人还是小男人的问题。对于男性来讲,他有一个选择大女人还是小女人的问题。这和对方年龄有关，又常和对方年龄无关。

这样，我们就要讲到每个人的角色特征了。

一个女性通常有两重角色：一重是女儿的角色，这是她从小在父母面前自然而然形成的，这个角色让她撒娇、任性、争宠、依赖大人；还有一重是母亲的角色，这是她小时候抱洋娃娃过家家，以及整个成长过程中模仿母亲形成的一种角色。

这两种角色同在一个女性身上存在。没有一个女性是单一的角色，或者只是女儿，或者只是母亲。然而，人和人的差异又在于每个人身上两种角色的比重不同。有的女性年龄再大也还是儿童性格，母亲的角色相对稀薄。另一些女性可能相反，女儿的角色相对比例要小。

角色不同，选择婚姻的取向就不同。

小女孩角色比重大的女性，倾向于找父亲人格成熟的男人做对象，非此不能幸福。而母性发达的女性，可能愿意找一个依赖自己、有点像小男人的人做丈夫。

男人也一样。父亲人格强大的大男人，儿童型的女性可能很容易获取他们的心。父亲人格薄弱的男人，年龄再大也像个孩子，很容易被母性充沛的女性俘虏。

聊天室里有了笑声。

欧阳涛说：婚姻是为了追求幸福。人们在婚恋中的幸福感不仅来源于身高、相貌、学历、金钱之类，还常常和刚刚讲到的大男人小男人、大女人小女人这个话题有关。

我们选择对象时，既要吃透自己的取向，也要吃透对方的取向，这样才可能匹配。

这时华小青说：我有一个朋友最近很苦恼，她知道我来这里做节目，特意托我问欧阳老师一个问题，她的先生过去挺大男人的，可这两年事业发展不顺，患了抑郁症，成天哼哼唧唧像个十足的小男人，她应该怎么办？

欧阳涛说：这种现象也表现出一种规律。男人得意时，往往会展示他大男人的一面；失意时，又容易流露小男人的一面。成功时是大男人，受挫时就成了小男人。精力充沛时是大男人，疲劳沮丧时又成了小男人。需要承担责任时是个大男人，渴求保护安慰时又成为小男人。正常时是大男人，病态中肯定哼哼唧唧成为小男人。

华小青问：女人也一样吗？

欧阳涛说：女人也一样。在她需要承担责任时，她是大女人，呈现的是母亲角色。在她无须承担责任时，她就成了小女人，扮演的是女儿角色。在哺乳孩子或者面对软弱的男人时，她可能成为大女人。当她受挫或沮丧时，会哭哭啼啼呻吟着成为小女人。

欧阳涛讲完这些，又回到华小青的问题上：至于你刚才提到的那个朋友，丈夫因为事业发展不顺患了抑郁症，这时千万不要着急，要耐心帮助丈夫康复。同时要有信心，随着丈夫的事业渐渐有了起色，他的抑郁症也会逐渐减轻。

男人得意时，往往会展示他大男人的一面；失意时，又容易流露小男人的一面。成功时是大男人，受挫时就成了小男人。

女人也一样。在她需要承担责任时，她是大女人，呈现的是母亲角色。在她无须承担责任时，她就成了小女人，扮演的是女儿角色。

二　小女生的恋父情结

跨代婚恋现象与大龄女青年找对象难有孪生关系。

一个瘦高的小伙子这时举手提问。

小伙子叫闫晓东，是夏小艾的校友，一张嘴就显出进攻姿态。

他说：我有个问题，不知道可不可以请教欧阳先生？

欧阳涛从容一笑：当然可以。

闫晓东说：我想问的是跨代婚恋问题。

我大学毕业好几年了。上大学时，班里一共十来个女生，条件最好的四个女生都在大学期间找了大她们十多岁的成功人士。这让班里的男生非常郁闷，觉得这些大男人掠夺了我们的爱情资源。每当看着那些人开着宝马奔驰来校园里接送女生，我们常常恨不能把他们的车砸了。我们不光恨他们，更恨那些趋炎附势贪图富贵的无耻女生。

闫晓东指了指夏小艾：主持人夏小艾上大学时和我一个系，比我低两届，可以证明我讲的事实。

夏小艾反驳道：女大学生与大自己十多岁的男人谈恋爱很正常，谈不到趋炎附势贪图富贵，更谈不到无耻。

闫晓东说：十来个女生有四个跨代婚恋，按比例就是百分之四十。如果有一万个女孩，就有四千人贪图金钱去找那些大男人了。这种跨代婚恋难道不是时下的堕落吗？国内一家网站最近做了个调查，发现跨代婚恋非常普遍，虽然比例没有百分之四十那么高，但也不低。我想知道欧阳先生对此有何评价？

欧阳涛说：第一，我承认你描述的跨代婚恋现象的存在。

第二，我不完全同意你对跨代婚恋原因的判断。你认为那些女孩是为了贪图金钱而宁肯牺牲年龄的差距，对吗？

闫晓东说：对。

欧阳涛说：你认为她们用青春换取了金钱与享受，对吗？

闫晓东说：对。

欧阳涛说：根据我的了解，有些女孩确如你所说，是为了金钱以及其他物质原因选择了跨代婚姻。用她们自己的话说，她们以青春为代价，提前一步进入高尚生活，免去了一段人生资本的原始积累。对于这种青春与金钱的对等交换是否该有非议，我们暂且不谈。

然而，还有相当一些女孩选择跨代婚恋并不是为了提前享受金钱与成功，起码不完全因为这个。我问过一些女孩，她们说，即使一些二十三四岁的小男生与她们选择的三十来岁的大男生同样富有，她们也愿意找大男生，而不愿选择小男生。你知道为什么吗？

闫晓东一时有些愣了。

欧阳涛说:这就不是金钱的原因了。她们认为,大男生比小男生宽厚,能呵护她们,能在精神上带给她们幸福感。你能理解她们的感受吗?

闫晓东激愤地说:我鄙视她们,不想理解。

欧阳涛说:不想理解,也就必然不能理解。有些女孩牺牲年龄差,不仅为了换取金钱与成功,还在换取男人人格的成熟。

闫晓东说:为什么跨代婚恋过去很少而现在成风,我认为这都是贫富差别、精神畸形造成的。

欧阳涛说:我依然不能完全同意你的观点。

闫晓东说:就请欧阳先生讲讲您对跨代婚恋的认识。

欧阳涛说:我先做一个完整的描述。

一、由于中国目前的社会文化,作为独生子的男孩,在两代亲长的溺爱下,人格常常没有足够地长大。我们经常可以看到这种现象,一些高中男孩课余还由母亲陪伴着跑步锻炼玩耍。这样的男孩可能智商足够高,但人格成长有所欠缺。

他们内在还是小男孩人格,缺乏大男人和父亲人格。

二、在同样的家庭环境中,独生女常常更不容易长大,有一首歌《不想长大》在女孩中很流行。这类女孩注定在相当一个阶段有强烈的恋父情结。

在她们眼里,父亲般的男人才是有魅力的。

三、当这些不愿长大的女孩走上社会后,既不习惯同样不愿长大的小男生,又多少畏惧人生奋斗的艰辛——这是不愿长大的必然特征,还有着强烈的恋父倾向。当一

独生女常常更不容易长大,有一首歌《不想长大》在女孩中很流行。这类女孩注定在相当一个阶段有强烈的恋父情结。

个比较成功又兼具父亲人格的男人出现在面前时，女孩自然会小鸟依人般掉到这个暖窝里。

四、在此过程中，贫富差别及追逐金钱享受的观念确实起了很大作用。

这是跨代婚恋不可忽略的原因之一。

五、还有一个原因，许多优秀男孩往往大学毕业后急于创业无暇婚恋，等他们事有所成了，三十多岁了，成熟了，才开始考虑婚恋。这时，他们既面对与之同龄的女孩，还面对一批小女生的热情追逐。

对女性青春的迷恋常常使这些人选择了后者。

欧阳涛总结道：这样，我们就看清了跨代婚恋现象的全貌。

一批二十多岁的小女生因为追逐成功或者因为恋父，选择了三四十岁的大男生，结果将二十多岁的小男生甩下了。

一批三十多岁的大男生选择了小女生，结果又将一批与之同龄的大女生甩下了。

小男生被甩下了，顶多郁闷几年，还可以奋斗一番待事有所成后再解决婚恋。大女生就在比较艰难的婚恋处境中了。大龄女青年找对象难，是当今一大婚恋问题。

大龄女青年的婚恋郁闷是这个时代的大郁闷之一。

听到欧阳涛谈大龄女青年找对象难，夏小米犹豫了好一阵，这时开始提问。

夏小米说：如果大男生都去找小女生，那我们这些大女生怎么办？去找小男生，他们肯定不接受我们，我们呢，

当一个比较成功又兼具父亲人格的男人出现在面前时，女孩自然会小鸟依人般掉到这个暖窝里。

也不愿意接受他们。

欧阳涛说：所以我要说的是，必须面对这样的现实。

夏小米说：我咨询过，现在的婚介公司都是女多男少，搞一次联谊活动，男女比例常常一比三四，女的坐在那里像超市里的过期蔬菜，被挑来拣去，滋味极不好受。

欧阳涛说：可这是现实。

夏小米说：面对这样的现实，大女生们也许只有一种选择，就是单身；再一个选择，去找年龄更大的男人，而这些人大多有家室，结果使一批人成了第三者。

请问这些大女生的出路在哪里？

不知谁插了一句：所以有人管大龄女青年叫单身公害嘛。

欧阳涛说：地理地貌复杂多样，动植物品种必然多样。中国因为地貌多样，动植物品种也是世界第一。同样，中国当下的社会生活地貌复杂多样，婚恋品种也特别多。

我们讲了婚姻对等律，往下要讲讲婚恋品种的多样性。

了解了婚恋品种的多样性，我们才有选择的余地。

中国当下的社会生活地貌复杂多样，婚恋品种也特别多。

了解了婚恋品种的多样性，我们才有选择的余地。

三　婚姻的品种与类型

各个维度都可以列出很多种婚姻类型。

要打开眼界，放下旧模式，总有一款是适合你的。

听欧阳涛讲到这里,夏小米有所触动,说:请您讲讲婚恋品种的多样性。

欧阳涛说:看清婚姻品种的多样性,选择婚姻时才会打开眼界,不局限在旧思路里。

夏小米说:能举例说明一下吗?

欧阳涛说:人的思维容易局限在旧的定式里。比如你这两天肠胃不太舒服,吃饭时应该吃点什么呢?有人就想,选择这种好消化的食品或那种好消化的食品,选来选去,却忘掉了一样,也许饿一饿什么都不吃是最好的保养方法。

夏小米笑了:您的意思是,这样选择或那样选择,先别忘了不结婚这种选择。

欧阳涛说:我只是举例说明,人的思路有可能在某个方向上短缺一块。

欧阳涛从桌上拿起一枚曲别针:譬如曲别针,一般人只想到它有一种用途,就是夹一夹纸,这就是旧的思维定式。现在谁能为曲别针想出更多的用途来?

谢安琪接过曲别针,往衬衫上一别:男士穿西服打领带,可以拿它做一个最差的领带夹。

华小青接过曲别针往手机环上一钩:救急时可以拿它做个钩子。

欧阳涛问:还有呢?

众人一时找不到新的思路。

欧阳涛说:现在不过把曲别针的一种用途扩展到三

看清婚姻品种的多样性,选择婚姻时才会打开眼界,不局限在旧思路里。

种,实际上它有多少种用途呢？在一次探索创造思维的国际会议上,一位中国学者说出了三十多种曲别针的用途。

华小青拍拍脑袋说:我起码还能想出一两种来,譬如串起来当钥匙链。

欧阳涛说:一位日本学者在会上回答,曲别针的用途有三百多种,并且放了幻灯片加以证明。

夏小艾说:这确实有点异想天开。

众人顿时有些兴味盎然。

欧阳涛说:就在曲别针的三百多种用途论证获得热烈喝彩时,一位中国学者递上一个条子,写道,他将证明曲别针有无数种用途。这你们能想到吗?

这位中国学者这样分析——

按曲别针最基本的解剖,它的颜色,它的重量,它的形状,它的质地,它的柔软度,将其因素一一分解,并列成横坐标和纵坐标,标出其在数学、物理、化学、语文、外语等等各个方面的用途,那么,曲别针的质量可以做砝码;作为金属物,曲别针可以和各种化学物质产生多种反应;曲别针可以弯成 1、2、3、4、5、6、7、8、9、0 和加减乘除、开方等各种数学符号,演变成所有的数学和物理学公式;曲别针可以弯成二十六个英文字母,可以是拉丁文,可以是法德俄文,于是乎,天下所有语言能够表达的东西都能够用曲别针表达;金属的曲别针还可以导电,在磁场中有磁性反应;将曲别针绷直可作琴弦。至于其他,如夹子、别针、绳索、挂链、项链,等等,只是在一类中的某一项的种种中的一种。

这样说来,曲别针有无数种用途绝不牵强。

众人都有些兴奋和赞叹。

欧阳涛说:关于曲别针的用途,通常人想到三四种已经觉得了不起,但只有看到它有无数种用途,才是真正的思想解放。说到婚姻的品种也一样,只有打开思路,才能看到过去想不到的选择。

夏小艾说:请欧阳老师具体讲一讲现在的婚姻品种。

欧阳涛说:从法定的角度考虑婚姻,起码有如下几种选择。

一、绝对单身,也叫零婚姻选择。

决心终身不嫁,当代这类女性还是极少数。

二、基本单身。

有些女性做了单身的准备,又不绝对排斥婚姻。倘若遇到特别合适的人也可以考虑。这类女性常常对婚姻极具理想,又深知现实远不是那么回事,所以绝不凑合。

三、暂时单身。

这类女性处在被迫的单身状态中,或者换一种说法,她们是待嫁女性。

待嫁者的焦虑一点都不亚于待业者的焦虑。

四、事实婚姻。

很多男女选择同居而不履行法律手续的生存方式,彼此处在一种来者不拒去者不追的自由状态中。每一天的共处都心甘情愿。每一个明天都可以自由选择。

据说这还是相当一些人保持感情长久稳固的奥秘。

关于曲别针的用途,通常人想到三四种已经觉得了不起,但只有看到它有无数种用途,才是真正的思想解放。说到婚姻的品种也一样,只有打开思路,才能看到过去想不到的选择。

五、公证婚姻。

结婚不仅履行一般的法律手续，还要做财产和责任义务的公证。

这种婚姻从一开始就对未来可能涉及的因素做了具体规定,使婚姻成为一种"有保留的婚姻";而没有公证的婚姻被他们称为"无保留婚姻"。

六、分居婚姻。

结婚,但不同居,你住你的房,我住我的房。情意来了,共度周末。不想打扰时,保持距离。

这也是时尚婚姻的新品种。

七、不育婚姻。

结婚但不生育子女。

八、传统婚姻。

从古而今通行的不分居、不公证、无保留、要生育的婚姻。

以上从法定角度区分的八种类型，是婚姻的最初选择。

夏小艾说:往下呢?

欧阳涛说:再往下说,就要从男女双方的关系中区分种类。

譬如从女性角度考虑，有以下婚姻品种可供选择——

一、各自奋斗型,也叫平分秋色型。

结婚了,依然各干各的工作,社会地位基本相当,回到家里共同分担家务。

二、共同奋斗型。

最典型的注释就是夫妻店。合伙创业,办一家公司,你当董事长我当总经理之类。这是一种时尚的婚姻方式。

三、男耕女织型。

两人虽然都工作,但男方百分之百忙事业,女方上班的同时用更多精力照顾家庭,彼此在家庭中有了内外的分工。

四、全职太太型。

含义很清楚,挣钱打天下是男人的事,理家照顾孩子由女人负责。

五、完全依傍型。

这种类型常常在婚姻之初就确定了,女方以青春美貌与男方的金钱地位结合,在生存上完全依傍男方。这类人或许最终演变为全职太太,或许连全职太太都不是,因为她们不需要理家管家,只需要自己玩好和陪丈夫玩好。

六、恋父咪咪型。

这是人格上的跨代婚姻,常常也直接表现为年龄上的跨代婚姻,还表现为金钱及生存上的某种依傍。

七、女主男附型。

这种婚姻中,女方社会地位高,挣钱多,成为家庭主角,男方则扮演附属的角色。

据说,现在上海有不少男性在家做“全职爸爸”。

八、女大男小型。

女方年龄大,男方年龄小,譬如差七八岁、十多岁。年龄差别有时可能和人格差别不对等,也就是男人虽然年龄小,但还能和女人保持平等。有时会和人格一致,女方不仅年龄大,而且在婚姻中扮演母亲的角色。

这样八类婚姻,也摆在人们面前供选择。

夏小艾说:欧阳老师上来讲一套是八种,再一套又是八种,不如干脆为我们宏观描述一下,婚姻品种为什么是无数种?

欧阳涛说:从民族、种族看,你过去可能只想到在本民族、本种族内寻找对象,其实所有民族、所有种族的人都在选择范围内。从地区看,跨市、跨省、跨国,多远都可以,从很远到较远、到不远、到很近,有无数种选择范围。从职业看,你过去可能局限在某一个领域,现在则可以从工人、农民、干部、知识分子、演员、商人、企业家等种种过去不曾考虑的特色工作中寻找对象。从年龄看,有各种结合模式,男比女大许多,男比女略大,男女相当,男比女小一些,男比女小许多,等等。从身高看,男比女高是选择,相等还是选择,男比女矮一些、矮很多还是选择。从收入看,男比女高,相当,比女低,这些类型都可选择。从性格看, 主动与被动就有很多差别, 你过去倾向于选择主动的,现在愿意考虑比较主动的、一般的,甚至还可能考虑有些被动的、很被动的。至于性格的动静急慢、乐悲喜忧等选择都是各种各样的, 不一定只选择你过去习惯的那一种。

又譬如,从婚姻的稳定性来讲,一般人可能喜欢超稳定型婚姻,但还可以选择比较稳定的婚姻,或者选择稳定性一般的婚姻,甚至可以考虑不一定稳定的婚姻。

　　从经济关系来讲,可以有无保留的混一制,还可以有
AA 制;在这两种类型之间还可以有大部分 AA 制,小部分
AA 制;还可以有男人理财制,女人理财制,男女共管制。

　　从性爱上讲,有热烈型,有比较热烈型,有一般型,有
比较冷淡型,有冷漠型,还有无性婚姻。

　　总之,各个维度都可以列出很多种婚姻类型。

　　总起来还是那句话:要打开眼界,放下旧模式,总有
一款是适合你的。

　　　　各个维度
都可以列出很
多种婚姻类
型。

四　娶了漂亮的富家小姐怎么办？

　　有些婚姻看来不理想,但只能面对现状,彼此凑合着过下
去,这也叫磨合。听任双方的关系自然发生变化,不要有过多的
焦虑和怨气。越理想化地看待婚姻,就会有越多不满。

　　讲座结束后,夏小艾照例陪欧阳涛到地下车库取车。

　　电梯运行到地下二层时,门开了,一个三十来岁的年
轻人正迎面等在那里。见欧阳涛从电梯中走出来,他犹豫
了一下,快步跟上:欧阳老师,知道您今天在这里有讲座,
我特意等在这里,有问题想向您当面请教。

　　夏小艾有些不快,说:欧阳老师刚刚结束讲座。你能
不能换一种方式? 可以写信,也可以给"婚姻诊所"留言,
欧阳老师在讲座时会汇总大家的提问。

虽然欧阳涛的第一反应也是不胜其扰，但他还是停住步耐心地对年轻人说道：有什么事，可以简单谈谈。

来人从包里掏出两页纸递过来：欧阳老师，我给您写过信的。不知您是否还记得这封信？

欧阳涛接过信来看。

欧阳老师：

　　您好！经常看您的文章，非常喜欢，很多是触及心灵的东西。您能把复杂的问题简单化，我很佩服。目前遇到了一个很大的困惑，想请您指点迷津。

　　我有两个朋友，遇到了生活上的困惑。

　　他们的问题是如此的相似，令我很是吃惊。

　　其中一个是我的大学同学，可以说是无话不说的好友，就叫他小 A 吧，结婚刚刚两年，没有小孩。先介绍一下他的成长背景，他生长在农村，是家中唯一的男孩，从小生性好强，从上初中就独立地管理自己了，一直到工作所有的事情都是自己做决定的。他的妻子是独生女，生活条件很优越。两人是通过介绍认识的，谈了一年恋爱就结婚了。他和妻子的矛盾都是源于生活上很细小的习惯问题，可这竟然成了他想离婚的理由。

　　据他告诉我，刚刚结婚两天，一起生活的问题就出现了：小 A 下班比爱人早，所以晚饭由他来做，妻子回来就一起吃。可是妻子从不主动洗碗，等第二天他回来又要做晚饭时，看到的是昨天的剩饭脏碗还在桌上摆着,就很来气。还有就是不会洗衣服,乱丢东西,从不收拾屋子,等等。他感到很累,也为此发火,但是无济于事。发一次火,状况能好转三天,到第四天还是老样子。为此他由衷地感到无奈,曾经有一个月不和妻子说话。

他说自己没有别的念头,只想离婚算了。两个人生活还不如一个人自在,没有得到关心反而要多照顾一个人,太累了。他和我诉说的时候,我认为他是小题大做,大男子主义,还不停地教育他应该如何对待妻子。但是很快,我发现我错了。

接着第二个人和我有了同样的诉说。

甚至两人说的话好像是事先排练好了一样,如出一辙。

这个人就叫他小 B 吧,也生长在农村,很有主见的性格。他的妻子也是富家小姐,人长得很漂亮,两个人是在一个单位工作时认识的,属于自由恋爱。

他告诉我,其实夫妻间实质性的问题没有,都是源自生活上的小事。他们的孩子在外人看来,就像没有妈妈照顾的一样。妻子不做家务,但也不是事业型的人,每天就喜欢打扮自己,家里总是乱糟糟的。小 B 两年前就提出了离婚,但是为了孩子,最终放弃了。从他的话语中听得出,他生活得很痛苦。

我曾问他们,是否努力想办法改变过?

他们都说没有用,所有的办法都不起作用。

我很困惑,究竟该如何帮助他们改变目前的生活状态?也想请您分析一下,产生这种现状的原因是什么,如何才能使今后的生活幸福?

年轻人叫蒋亚林,欧阳涛对这封信有印象,记得当时读了信感觉有些无奈,所以只写了简短的回信。

现在既然人已经来了,欧阳涛决定和他好好聊聊。

三个人一起绕到写字楼后面的那片绿地。已近黄昏,绿地中央的运动场有不少人在锻炼。孩子们在草地上奔跑玩耍。他们在一个安静的角落坐下。

欧阳涛说:一个到城里打拼的农村青年娶了城市富家女怎么办,这个问题我也想在"婚姻诊所"中专门谈谈。如果允许我做个猜测,你本人就是信中提到的小 A 吧?

蒋亚林犹豫了一下,尴尬地点点头:是,我不愿意在信里暴露自家隐私。我是两年前结婚的,对象说是富家女,也没有富到哪儿去,只不过比我的家境好多了。我来自外地农村,全凭学习好、个人能力强搞定这门婚姻。婚后起初还可以,但是一年来越来越过不到一块儿,令人非常郁闷。

欧阳涛问:为什么过不到一块儿了?

蒋亚林说:第一个原因,不管我工作多忙,回到家做饭搞家务还都是我的事。她坐在沙发上嗑瓜子看电视,什么都不管。

欧阳涛问:妻子过去管过吗?

蒋亚林说:她从来就不管。可是我现在工作越来越忙,她不能总不管呀。

欧阳涛说:过不到一块儿的原因还有什么?

蒋亚林说:第二个原因,她的父母一直以来就喜欢对我横挑鼻子竖挑眼,不是这不满意就是那不满意。

欧阳涛问:你们恋爱时她的父母挑剔吗?

蒋亚林说:过去挑剔也就忍了,现在实在有点忍不下去了。

欧阳涛问:还有呢?

蒋亚林说:第三个原因,父母希望我早点要孩子,可她死活就是不要。

欧阳涛问:婚前妻子答应过要孩子吗?

蒋亚林说:结婚前不可能总讨论要不要孩子,她倒是说过不想要孩子,那时也没多想。现在结婚两年多了,怎么也该提上日程了。

欧阳涛说:这是第三个过不到一块儿的原因。还有吗?

蒋亚林说:第四个原因,她对我父母的态度实在说不过去,一说就是不许他们来北京家里住之类,很伤我的自尊心。今年我妹妹要上大学,家里想让我帮帮忙,当哥哥的肯定应该承担义务嘛,结果她大吵大闹就是不同意。

欧阳涛说:还有什么?

蒋亚林说:这些还不够?我现在对这个婚姻十分不满意。我想知道有没有可能改变她?下一步该怎么办,离还是不离?

欧阳涛说:从你的角度出发,作为长子,父母把你养育成人,又在城里找了工作,有了温馨的小家,想要回报父母是理所当然的。你气愤也好,冤屈也好,欧阳老师从这个角度对你有充分的理解。可是,你想过你妻子的感受吗?如果她来找我,她会讲些什么?

或者让其他女性来评价这件事,她们是什么态度,你知道吗?

夏小艾这时说:如果从一般的女性角度看,你能娶到这样一位妻子够占便宜了。人家跟你一样大学毕业,长得又漂亮,家境又好,你还想怎样?再说,男的多干点家务又怎么了?

蒋亚林嗫嚅道:管家就应该是女人的事,让男人一回家就很温馨,得到照顾。

夏小艾说:既然这么需要照顾,当初就没必要找有钱人家的小姐,找个会干活的不就行了?

蒋亚林说:我不是那个意思。

欧阳涛摆摆手说:我刚才的意思是想预先说明,在婚姻问题上有个规律,就是公说公理、婆说婆理,无论怎样调解,双方的道理都很难一致。

蒋亚林说:您的意思是,在保持婚姻的框架内,我无法和妻子解决矛盾达成一致?

欧阳涛说:对于你和妻子的矛盾,如果我站在你的立场上支持公说公理,或者站在她的立场上支持婆说婆理,不仅什么问题也解决不了,而且是最愚蠢的态度。再高明一点的态度是,劝说你尽量理解对方,也劝说对方尽量理解你。这种劝说通常人都会做,但是估计效果不大。

蒋亚林有些泄气地说:这类劝说我听得太多了,不解

在婚姻问题上有个规律,就是公说公理、婆说婆理,无论怎样调解,双方的道理都很难一致。

决问题。

欧阳涛说：那好，我现在告诉你第一个结论，你们的婚姻目前只能这样拖下去。

蒋亚林显然有些意外。

欧阳涛说：在目前情况下，你改变不了她，虽然你很想改变她；她也改变不了你，估计她也一定非常希望改变你。

蒋亚林问：真的改变不了吗？

欧阳涛说：在目前情况下很难改变。

你想一想，你愿意改变自己吗？从今天开始，干家务时再没有怨气，妻子不愿意生孩子也很高兴，岳父岳母再怎样挑剔你也绝不计较，完全按对方的标准改变自己，你愿意吗？

蒋亚林摇头：不愿意。

欧阳涛说：那么，你再想一想，让妻子完全按照你的意愿改变自己，她会愿意吗？

蒋亚林想了想：肯定不愿意。

欧阳涛说：所以，如果我现在劝说你改变自己适应对方，是没有用的。我告诉你对方有可能改变，也是在蒙你。

蒋亚林说：这么说我除了离婚，再没有别的办法了？

欧阳涛说：你并没有打算离婚。如果你真的下决心离婚，不会再找我咨询。

蒋亚林说：那我该怎么办？

欧阳涛说：很遗憾，只能面对这样的现状，彼此凑合着过下去，这也叫磨合。听任双方的关系自然发生变化，

只能面对这样的现状，彼此凑合着过下去，这也叫磨合。听任双方的关系自然发生变化，不要有过多的焦虑和怨气。越理想化地看待婚姻，就会有越多不满。

不要有过多的焦虑和怨气。越理想化地看待婚姻，就会有越多不满。

蒋亚林问：你认为我们的关系会有变化吗？

欧阳涛说：过去对方在家里也是什么都不干，你并没有不满；过去她的父母挑剔你，你能够忍受；结婚前她说过不想要孩子，你接受了。现在你对这些开始产生了强烈的不满，这不就是变化吗？

正因为这种变化，才引出了你的问题。

蒋亚林说：这又是你在讲座中讲到的对等律了。

欧阳涛点头：是这样。过去你们能够走到一起，是因为彼此有一种条件上的对等。她的父母虽然可能挑剔你的出身背景，但看到了你高才生的一面，接受了你。你虽然不满对方父母的嫌贫爱富，也不满妻子娇生惯养不干家务，但看到对方相貌好，家庭条件好，也便接受了对方。

自由婚姻是建立在彼此衡量得失之后的对等基础上的，没有谁在强迫你们。

现在，你在北京站住脚了，工作比过去开展得更好了，钱也挣得多了一些，内心就生出不平衡。你要求改变以往的格局，并且认为这种要求是合理的。可在女方眼里却可能是另一种说法呢。

夏小艾说：你的妻子一定会认为你忘恩负义。

蒋亚林说：她是这样说我的。

欧阳涛说：我要告诉你的是，今后你和妻子的关系还会有变化。如果你的事业更发展了，挣的钱也远比妻子多,工作忙得分不出身来,她可能自然而然会帮你管起家来。

蒋亚林说:可能吗?

欧阳涛说:完全可能。生活中有很多这样的例子。同样一个女人,跟一个没有多大出息的男人共同生活时,她会觉得自己亏了,自然不愿干家务。可是如果她找了一个很能干很成功的男人做丈夫,她不但心甘情愿地干家务,而且会非常能干、会干。

内在的对等支配着双方角色的变化。

蒋亚林用怀疑的眼神看看欧阳涛。

欧阳涛说:反过来举个例子,如果你的妻子有了变化,比如她怀了孕,要生孩子了,你不但心甘情愿干家务,还会多干一些呢。

蒋亚林想了一下,有些迟疑地说:那倒也是。

欧阳涛说:我的结论是,你用你的愿望改变她,是改变不了的;她用她的愿望改变你,也是改变不了的。无时无刻不在起作用的仍然是婚姻的对等律。随着你事业的发展与成功,双方对家庭贡献的变化,会带来新的家庭格局。

同样一个女人,跟一个没有多大出息的男人共同生活时,她会觉得自己亏了,自然不愿干家务。可是如果她找了一个很能干很成功的男人做丈夫,她不但心甘情愿地干家务,而且会非常能干、会干。内在的对等支配着双方角色的变化。

五　谁动了牛郎织女的奶酪?

在神话故事中,牛郎织女因为"触犯天条"被无情分隔,或许正预示着现实生活中无法回避的无奈与矛盾。

　　天渐渐黑下来,远远近近的高楼大厦亮起灯火。

　　蒋亚林先走了,欧阳涛索性又和夏小艾聊了一会儿。

　　欧阳涛指着在城市灯光下显得有些暗淡的夜空,问夏小艾:你知道牛郎织女的故事吗?

　　夏小艾笑了:当然知道。我小时候,城市远没有这么多建筑,天空比现在亮得多。夏天晚上,我常坐在院里大柳树下听姥姥讲故事,那是我童年最温馨的记忆。

　　姥姥肚子里的故事太多了。她会指着天上一颗很亮的大星星告诉我,那是牛郎星,还说两边的小星星是牛郎的一对儿女。然后,指着遥遥相对的另一颗更亮的大星星说,那是织女星。

　　姥姥接下来就会讲牛郎织女的故事。

　　美丽的七仙女向往人间的生活,并且爱上了勤劳耕作的牛郎。有一天,她偷偷来到人间与牛郎结为夫妻,并且生下一双儿女,过着男耕女织的幸福日子。岂料此举惹得王母娘娘大怒,她派出天兵天将把七仙女抢走。牛郎闻讯急忙用担子挑起一对儿女在后面紧追。眼看就要追上的时刻,王母娘娘一狠心,拔下头上的簪子在身后一划,滔滔巨浪的银河立刻将这对爱人分隔两岸,牛郎只能眼睁睁看着心爱的妻子被带走。喜鹊同情牛郎织女的遭遇,每年七月七会搭起鹊桥,让牛郎带着一双儿女与七仙女相会。

　　夏小艾讲这段故事时,露出了小女孩的天真表情。

欧阳涛说：牛郎织女的故事不过寄托了人们对于爱情的向往罢了，很少有人对这个故事做另外一面的解读。如果我问你，现实生活中朴实的牛郎真的找到了出身高贵的七仙女，他们之间也确实产生了海誓山盟般的爱情，那么，接下来的日日相处中，这对爱人能够经受住洗衣做饭、盆盆罐罐琐碎生活的考验吗？

夏小艾沉思了一会儿，说：在神话故事中，牛郎织女因为"触犯天条"被无情分隔，或许正预示着现实生活中无法回避的无奈与矛盾吧？

欧阳涛说：人们总说爱是纯粹的，是不应掺杂任何利益考虑的，真正的爱情不看对方的出身、文化、家庭背景，只要真心相爱，就要携手走过一生。

但在现实中，我们看到那么多不堪一击的所谓爱情。

蒋亚林出身贫寒，通过自强自立的奋斗在大城市获得了某种成功和位置，也因其优秀得到了富家小姐的垂青。开头很浪漫，然而一旦生活在一起，却发现彼此难以相容。

谁做晚饭，谁来刷碗，谁洗衣服，谁做家务？每天对着厨房一大堆剩菜脏碗会产生浪漫吗？家里乱糟糟一片适合谈情说爱吗？这些在热恋时绝对不会涉及的庸俗，甚至与爱情风马牛不相及的琐事为何竟如此杀伤爱情？

夏小艾说：这就涉及对于爱情的理解了。王母娘娘认为七仙女嫁给牛郎是触犯了"天条"。

欧阳涛问：你知道那个"天条"是什么吗？

夏小艾想了想，说：是不是所谓的门当户对？

　　现实生活中朴实的牛郎真的找到了出身高贵的七仙女，他们之间也确实产生了海誓山盟般的爱情，那么，接下来的日日相处中，这对爱人能够经受住洗衣做饭、盆盆罐罐琐碎生活的考验吗？

　　欧阳涛问：我再问你一个问题，如果你是七仙女，你肯为牛郎织布吗？这样的婚姻能够长久幸福吗？

　　这样感慨着，两个人好一会儿不再说话。

　　夏小艾知道，这样的话，欧阳涛在正式讲座中似乎并不谈，他谈的往往是一些逻辑性极强的理论。然而此刻的欧阳涛却更符合夏小艾对他的理解，欧阳涛不仅有哲人的一面，也有诗人的一面。

　　夏小艾问：欧阳老师，你也会忧郁吗？

　　欧阳涛反问：什么意思？

　　夏小艾说：我在你刚才的那段话中感到了一点忧郁。

　　欧阳涛笑了：人性是丰富的，每个人的表象下都自觉不自觉地掩盖着许多不为人知的复杂。

　　夏小艾犹豫了一下，说：刚才你和蒋亚林谈话时，我一直想问你一个问题，那么多素不相识的人给你写信，你都回信吗？

　　欧阳涛说：只要时间允许，我会尽量回信。

　　夏小艾说：你是学者，不是心理咨询师，又要研究又要写作，还有许多日常事务要应付，比如现在的"婚姻诊所"讲座，写那么多信不浪费时间吗？

　　欧阳涛说：这要看从哪个角度看。这也是我一直不同意在"婚姻诊所"上挂出信箱的原因。那样一来，信多得我就更招架不住了。

　　夏小艾说：这有什么，没时间不回就是了。

　　欧阳涛说：那怎么行？我研究过心理学，知道一个人在怎样的境遇下才肯向一个素不相识的人求助，他在身边找不到可以求援的朋友，又困扰着根本无力解决的问题。

他给我写信是一种信任。我不能辜负这种信任。

夏小艾说：你觉得一封简短的回信真能帮助他们走出困境吗？你的信有那么大的作用吗？

欧阳涛有点苦恼地一笑：我从来不过高估计那些回信的作用。一个人遇到重大人生问题,我即使再高明,也不可能三言两语帮他解决问题。但是他请求我的帮助,我回复了,会使他感到一点温暖,感到一点人与人的信任,知道自己面对困境时并不孤独。

这也许就是我即使很忙也会抽空回信的原因。

有句话你一定知道,"救人一命胜造七级浮屠",帮助一个人走出困境所得到的快乐并不亚于我干成一件大一点的事。我之所以愿意到"婚姻诊所"做讲座,也是想用一种更普及的方法将我对人类情感与生活的认识传播给更多的人。这是一种大善。

我最近收到一个女孩的来信,她告诉我,每期都会到网上收看我的讲座。她还说,如果人们早一点懂得我说的那些道理,会少一点生活的悲剧。我很感动。

夏小艾掩饰着内心的激动,竭力显得若无其事地说：欧阳老师,你对给你写信的那些人都有印象吗？

欧阳涛笑了:那怎么可能？信太多了,不可能都记得住。但那些比较有特点的或者我回复过的比较长的信件,我还是有印象的。

欧阳涛似乎意识到什么,反问道:你为什么会问这个问题？

夏小艾说：好奇而已。

六　婚姻经济学

家庭是一种特殊的企业，衡量这个企业是否优良，第一，看它是否生产出金钱可以衡量的最大财富。两人的结合实现最高的总收入，就是优良的标志。第二，家庭是否生产了足够的幸福，供自己消费。

这一阵儿张元龙对田静一直追得很紧，今天又约她到咖啡馆见面。

田静有点犹豫，就给夏小艾打电话商量。

夏小艾说：上次你带我见过他，我看张元龙挺符合你找极品老公的标准。

田静在电话那头好一阵沉默。

夏小艾说：是不是还想着曹爽？

田静说：我确实挺矛盾，从性格和爱好上我和曹爽更合得来，我也看好他未来的发展。

夏小艾说：可是他现在太穷，负担太重，对吗？

田静说：别说那么难听。我有过一次婚姻，知道婚姻要面对什么。如果选择曹爽，等于一起选择了曹爽的姐姐。我反复想过，还是下不了决心。

夏小艾说：既然这样，张元龙不正好吗？

田静说：张元龙最近告诉我，已经和老婆正式启动离婚程序了。当然，像他这样的有钱人，离婚的麻烦会很多，包括子女的抚养，财产的分割。但他决心已定，估计很快就会有结果。

夏小艾想了想说：既然你还拿不定主意，何不请欧阳老师会会他？我相信他的眼光。

放下电话，田静决定准时赴约。

到了咖啡馆，张元龙已经等在那里，依然是一身休闲服，一头板寸，很精神的样子。

几句寒暄之后，田静开门见山：按说像你这样的成功男士，屁股后面会跟着一群女孩，为什么独独会看中我？

张元龙坦然一笑：这正是我要告诉你的。其实，越是所谓成功男士，对婚姻的考虑也越现实。从我们见第一面起，我心里就认定你是我未来的婚姻对象。

田静说：可是你还没有离婚。

张元龙点头：即使不认识你，我也是要离婚的，那个婚姻对我早已没有任何价值。认识了你，无疑使我加快了离婚的步子。你是一个不可多得的女孩，我不想白白错过你。

田静想说什么，但没有张嘴。

张元龙说：知道我最欣赏你什么吗？你特别能够倾听，善解人意，这在年轻女孩中很少见。现在满世界都是崇拜金钱、崇拜成功、崇拜地位的女孩子。和你接触时，你

越是所谓成功男士，对婚姻的考虑也越现实。

对人的那种理解、同情特别打动人。

田静说：可我也是一个非常现实的女孩，你刚才提到的金钱、地位我同样看重。

张元龙说：不错，这更是我加倍欣赏的。到了我这个年纪，婚姻很现实，我不仅要一个妻子，还想要一个事业上的帮手。你的现实和能力都是我特别需要的。

我有过一次失败的婚姻，我不想像有些有钱人，把妻子金丝雀一样养在家里，我希望我未来的妻子能够参与我事业的方方面面。她不仅善解人意，能够关心照顾我，还能在我的事业中独当一面，并且有开拓性。我会为你提供一个更大的平台，在这里你可以最大限度地发挥才智。你会乐意和高层人士接触，我也相信，你能够把方方面面打点得非常周到。

田静说：你怎么知道我有这种才能？

张元龙说：我相信自己的眼光。我还相信你一定能够证明你有这种才能。我也乐意方方面面的人物都赞赏你有这种才能。

田静沉默了一会儿，说：你愿意见我的一个朋友吗？

张元龙问：谁？

田静说：欧阳涛。

张元龙明白地一笑：想让他考察考察我？也好，我早想认识欧阳涛并且交个朋友。你不提，我都想请你引荐一下呢。

田静面无表情地说：我会安排这个见面，但不会把真实目的告诉他。只说你是钻石男人征婚网的老板，有事想请教他。

张元龙痛快地说：成。

几天后，田静安排张元龙和欧阳涛在春来茶馆见面。

一见面，张元龙就热情地迎上来说：久闻大名，希望欧阳老师加盟我的网站。

欧阳涛说：听田静介绍，你的网站现在很具规模，而且创意颇新，正在向良性发展。

张元龙将一沓资料双手递过去：请欧阳先生指正。

欧阳涛随手翻了翻，把资料放到一边：还是听张先生直接聊聊吧。

张元龙笑了笑，说自己投资婚恋网，纯粹是在商言商，看中了这块市场。又说，如果真想做大做强，还非得有欧阳老师这样的学者加盟。欧阳老师最近新出的那本专讲婚姻心理学的书，他特意买了二百本，除了送人，还要求手下员工人手一册。

在习惯性的吹捧之后，张元龙开始介绍他的网站。

他说，钻石男人征婚网主要以高端客户为服务对象，宗旨是以专业的服务帮助单身富翁和社会精英进行充分而广泛的婚恋选择，实现爱情梦想。

张元龙说：我们的征婚网颠覆了传统交友婚恋观念，运用定向征婚模式，实行婚姻猎头和婚姻专家顾问组一对一服务。通过完善的网上和网下双重服务体系，克服了传统网上婚恋盲目性、随意性、不确定性强的弊端，对正式会员身份的真实性、准确性实行严格准入门槛和百分之百核实制度,为高端客户提供全方位的"定向筛选"服务。征婚者必须提供婚姻状况证明、户口簿原件和复印件,同时还需要提供资产状况证明,包括公司营业执照、车牌号等。在律师在场的情况下,我们与婚姻委托人签订正式协议书,保证所提供的资料真实,如资料有假,需要承担法律责任。

欧阳涛笑了:看来你的网站还真是别具特色。

张元龙说:现在的婚姻市场像一块大蛋糕,眼馋的人挺多。不做出特色,不会有前途。我的网站瞄准的就是社会精英,这批人要求生活质量,只要能满足他们的特殊需求,他们不怕花钱。

这样聊了一阵,张元龙提了一个很特别的问题。

他说:有钱人结婚考虑比较多的是财产,离婚顾虑比较多的也是财产。在我的网站上也有各种各样的话题性讨论。今天我想当面向欧阳先生请教一个问题,家庭可不可以算是一种特别的企业?

欧阳涛说:从经济学讲,家庭可以算是一种特殊的企业。

从经济学讲,家庭可以算是一种特殊的企业。

张元龙说:如果家庭是企业,那么,创造最大财富是不是衡量其优良差劣的标准?

欧阳涛说:创造财富可以算衡量的标准之一。譬如一个男人,如果又要外出种地又要在家织布,他只能种一亩地,织一丈布。一个女人单干,也只能种一亩地,织一丈布。两个人一旦组成家庭,男耕女织分工合作的结果,有可能种的地超过两亩,织的布也超过两丈。

就创造财富而言,家庭的企业性质已经表现出来了。

张元龙说:往下推论,我娶了一个太太,如果我俩都在外面工作,能创造一百万财富。如果她做全职太太,她挣的钱少了,我却由于无后顾之忧生意做得更好了,结果两人共同创造的财富可能是一百五十万。这是不是可以证明,我挣钱她顾家这种家庭分工是最合理的企业行为?

欧阳涛说:这算一种衡量标准。婚后是两个人都上班,还是一个人外出挣钱,有时候确实是从挣钱的角度考虑的。大多数年轻人创业时,双方都在外面挣钱,只有这样才能收入最多。可是,如果男方收入极大地超过女方,女方留在家中反而更能保证整个家庭的创收。

张元龙说:在这种情况下,女方做全职太太应该是最合理的。

但是,如果她不愿留在家中怎么办?

从企业行为来讲,她外出工作只会使家庭这个企业创收更少,譬如,她根本挣不下几个钱,而为了能上班,还要请保姆,男的在生意上分了心,反而赔钱了。

这种不合理的企业行为,为什么能够存在?

欧阳涛说:家庭是一种特殊的企业,除了创造金钱可以衡量的财富,还生产一种特殊的东西。

张元龙说:不就是生产人口吗? 从生育子女的角度讲,如果男方收入很高,女的不做全职太太一定要出去工作,也是不合理的。

欧阳涛说:家庭不只是生产人口,还生产一种特殊的自产自销的东西。

家庭是一种特殊的企业,除了创造金钱可以衡量的财富,还生产一种特殊的东西。

张元龙问:什么东西?

欧阳涛说:幸福。

欧阳涛接着说:家庭是一种特殊的企业,衡量这个企业是否优良——

第一,确实看它是否生产出金钱可以衡量的最大财富。

两人的结合实现最高的总收入,就是优良的标志。

但还有第二条,家庭是否生产了足够的幸福,供自己消费。

两个人结婚了,家庭总收入很高,但是双方或者一方感觉不幸福,这个家庭不能说是优良的。也可能一个男人事业发达,女人做全职太太,家庭的总收入更高。然而,这要以女方也感到幸福为前提。如果女方认为走出去工作才有幸福感,那么她不做全职太太,虽然在家庭的总收入方面有所亏欠,但也可能是合理的。

这要根据每个家庭的具体情况分析。

张元龙笑了:欧阳先生讲得很透彻。你在最近的讲座中讲到了婚姻对等律,又讲到特殊对等律,都很到位,我们网站做了全文转载,加精推荐。但是,人们结婚,不会只是考虑身高、相貌、学历、金钱等这些条件吧?是不是还应该讲一讲感情?

欧阳涛说:说到条件,应该把它说全:一是身高相貌,二是年龄,三是文化学历,四是金钱地位,五是性格,六是人品,七是家庭背景;而感情的产生从一开始就离不开这些条件。

譬如,你看到一个女孩,喜欢上她了,总有原因吧?起码第一眼你对她的相貌有感觉,对她的谈吐有感觉。而谈吐肯定是和她的文化学历有关的, 谈吐还流露出她的性格。此外,你还会从中感觉到她的人品,这不都是七个条件里的吗? 当然,你对有些条件的考虑会靠后甚至忽略,比如金钱地位、家庭背景。

张元龙说：能不能大致概括一下感情在婚姻中的位置?

欧阳涛说:婚姻简单说来一共就涉及两件事:一、感情;二、感情之外的各种实际考虑。

两人恋爱时,只要有感情就可以了。

一旦进入婚姻,就要考虑很多实际因素。譬如双方的收入,财产关系,人品可靠不可靠,未来子女抚养,还包括彼此的家境、赡养父母的负担之类。

感情在婚姻中的位置, 说穿了就是感情和这些实际利益的相互关系。

在中国目前的社会条件下, 婚姻的核心问题就是处理这二者的关系。

抓住这个核心我们就会发现, 感情在婚姻中有七个特性。

一、独立性。

感情最初常常显得很独立。譬如一见钟情时,两人可能很少考虑其他涉及婚姻的实际问题。又比如情投意合,似乎也与金钱财产、生儿育女、赡养父母等实际问题毫无关联。

婚姻简单说来一共就涉及两件事：一、感情；二、感情之外的各种实际考虑。

感情在这时显得纯粹而又神圣。

二、非独立性。

感情在另一方面又显得极不独立，常常和很多实际考虑纠缠在一起。

对方能挣钱、地位高，会让你倾慕。对方金钱、地位动摇，会影响你的感情。及至婚嫁，家庭的贫富差别也会影响到感情。一方要子女，另一方不愿生育，又会损伤感情。

感情一进入婚姻的门槛，就显得很不独立。

三、强力性。

感情有时显得很强大，在婚恋中似乎决定一切。

双方感情热烈时，似乎可以不顾及各种实际困难而结为婚姻。即使生活贫困，父母阻挠，两地隔离，有社会偏见的干扰，等等，也都可能在强有力的感情面前败下阵来。这时，感情显得十分强大。

感情的强大除了表现在促成婚姻，还表现在解除婚姻。我们常常看到这种现象，双方因为一时的感情冲突，就可以不顾父母的反对，不顾共同生活的积累，不顾子女，也不顾其他种种实际利益，说离就离。有些多年很稳定的家庭会因为一时的冲动而解体。

四、脆弱性。

感情常常又是最脆弱的。

许多最初看来十分热烈的感情却禁不住柴米油盐的琐碎磨损。一对原本情投意合的夫妇会因为干不干家务这样一些具体事而弄得过不下去。本来小两口情意缠绵，但遇到婆家花钱多还是娘家花钱少这样的具体事，会争来吵去反目成仇。

这时,感情又显得极其脆弱。

五、敏感性。

感情最容易产生,也最容易消失。

感情之外的其他实际因素常常比较稳定地存在,譬如有了子女,子女就是一个长久的稳定存在;有了住房,这又是一个长久的稳定存在;彼此都有父母家庭,还是一个长久的稳定存在;彼此都在工作挣钱,虽然会有变化,也有一定的稳定性。

而感情却敏感多变。

感情常常是婚姻的发端,绝大多数婚姻是从恋爱开始的。

但是形成婚姻后,有些夫妻虽然过日子的实际内容很稳定地保留着,譬如一块儿吃住,一块儿养育子女,共同负担老人,但彼此的感情已经淡漠。

婚姻的其他内容还保留着,唯有感情流失了。

六、品质差异性。

感情在不同婚姻中所占的比重是不同的。有些婚姻感情的比重比较大,有些婚姻感情的比重比较小,而更多让位于财产、子女、养老等实际考虑。

感情在婚姻中所占比重越大的,婚姻品质越高。

感情在婚姻中所占比重越小的,婚姻品质越低。

将来有一天,如果我们的社会福利与保险发达了,人们在就业、医疗、养老、子女教育等方面得到更充分的保障,没有后顾之忧时,全社会的婚姻质量就会提高。因为那时候,感情在婚姻中的比重也会极大地提高。

在目前阶段,婚姻除了感情,还常常是一种双方相互保险的生存方式。

婚姻承担了它不得不承担的很多实际内容。

七、需求保障性。

正因为婚姻常常离不开养育子女、赡养父母、医疗养老等实际生存内容,感情在婚姻中才会有那么多勉为其难之处。

在目前情况下,再美好的感情也常常需要各种实际因素的保障。

倘若没有各种实际条件的供养,爱情的鲜花很容易凋谢。

从这点上讲,婚姻确实不能只考虑感情,还要考虑很多实际因素。有时仅仅因为贫穷,就可能将热恋的感情消耗殆尽。所谓贫贱夫妻百事哀。

欧阳涛说:最后是结论,从始至终都有美好感情的婚姻,是理想的婚姻。

> 从始至终都有美好感情的婚姻,是理想的婚姻。

张元龙边听边连连点头:欧阳先生不愧是婚姻问题专家,与君一夕谈,胜读十年书哇。

临分手时,张元龙看了看田静,说:我本人其实最赞同的还是夫妻共同创业型。我原来的家庭就属于男主外、女主内,妻子完全不参与我的事业。但这样做的结果是,时间长了,彼此毫无共同语言。她的生活面越来越窄,我的生活面越来越宽。回到家里无话可说,家只剩下一个睡觉的功能,结局自然是离婚。

七　失恋的女孩

爱情，就像手中的沙子，抓得越紧，流失得越多。

又到了"婚姻诊所"的讲座时间，欧阳涛提前一小时到了网站。

这是因为前一天曹爽特意打电话求他早到一会儿，他大学时代恩师的女儿出了点问题，让曹爽无论如何帮忙找找欧阳涛。

又是朋友套朋友的事，欧阳涛尽管并不乐意，但还是答应了。

欧阳涛到的时候，曹爽早就等在那儿，一脸的热情和殷切，好话说了一大筐。说知道欧阳老师忙，已经推了不知多少求他的人，但这个人不一样，对他有恩，读书时就一直很关照，他毕业能在北京立住脚，老师出了很大的力。

欧阳涛说：没关系，只要能挤出时间，这个忙可以帮的。

曹爽领欧阳涛进了一个小会客室，一张小圆桌，几把折叠椅。

女孩叫叶楚楚，今年二十六岁，她安静地坐在一角，从外表看不出什么。但一张嘴，立刻一副痛苦不堪的表情。

　　叶楚楚说自己高中时曾经暗恋过班上的一个男生，但从来没向他表白过。高中毕业后，各自考上了不同的大学。一个偶然的机会两个人通过网络联系上了，他们常常在网上聊天，互发短信，但当叶楚楚鼓起勇气向他表白之后，对方只是通过 QQ 回复了一句"我已经有女朋友了"，从此再也没有了音讯。

　　叶楚楚没想到自己喜欢了那个男生那么多年，换来的却是如此冰冷的一句话。

　　叶楚楚说，她从小家庭很幸福，作为独生女，父母一直很宠她，正因为太过宠爱，父母什么都舍不得让她做，使她的性格比较胆小内向，不善社交，并因此自卑。这次失恋之后，她一直很消沉，直到工作也没有过真正的恋爱。随着年龄的增长，父母开始操心她的对象问题，三年来在父母和亲友的安排下相亲多次，但没有一次成功。

　　叶楚楚说：一方面，我希望未来的男朋友比我优秀，可以教我很多东西；另一方面，我又怕出色的男孩会看不上我，这很矛盾。结果相亲的次数越多，越感到绝望。不是我放弃就是对方不满意。一次次的失败对我压力越来越大，父母也觉得很没面子，仿佛我成了他们的耻辱。我有时想，自己可能不适合婚姻，但又无法克服来自外界的压力。表面上还得硬装着很快乐的样子，内心觉得比谁都痛苦，甚至不止一次想要自杀。

　　欧阳涛问：尝试过自杀吗？

　　曹爽说：就是因为前不久她偷偷割过一次腕，幸亏抢救及时，父母才知道她的心理问题严重。

　　欧阳涛点点头:我听明白了。现在,我希望叶楚楚听我讲一个更痛苦的人生故事。

　　有一个女孩从小被父母遗弃,流落街头,后被人贩子捡到,几经倒卖,被卖到一个穷山沟里。女孩经历了很多非人折磨,只要有机会就会逃跑。每次被抓回来都是一顿残忍的毒打。

　　女孩终于逃出了大山,她向往山外的生活。但是她没有文化,也不认识人。虽然逃出了大山,却逃不出被欺骗的厄运。不久,她重入人贩子的虎口,被迫吸毒,靠卖淫还债⋯⋯

　　欧阳涛讲着,叶楚楚开始还很认真地听,但听了一阵,却开始走神。看到叶楚楚精神越来越涣散,欧阳涛停住了,问:这个女孩的痛苦你听进去了吗?

　　叶楚楚摇了摇头。

　　欧阳涛说:你当然听不进去。可是你知道为什么听不进去吗?

　　叶楚楚说:我不知道她的痛苦和我有什么关系。

　　欧阳涛点头:这就是我要告诉你的结论。在这个世界上,痛苦从来只是自己的事情。我刚才讲到的那个女孩三岁就被父母遗弃,在被人贩子贩卖的过程中,不仅遭受歧视,还多次被强暴,她未来的人生命运可想而知。然而,你并不怎样关心她的命运。那么,你想一想,你的痛苦别人会当一回事吗?要知道你的经历远没有那个女孩凄惨呢。

　　叶楚楚领会着欧阳涛的意思。

　　欧阳涛说:幸福有时可以与朋友分享,痛苦却常常要幸福有时可以与朋友分享，痛苦却常常要靠自己来承担和消化。告别痛苦最终还要靠自己。

靠自己来承担和消化。告别痛苦最终还要靠自己。我能够做的，只是给你指出一个方向。

叶楚楚问：什么样的方向？

欧阳涛说：一个能够客观看待自己的方向。譬如你觉得自己比谁都痛苦，客观情况真是这样吗？

叶楚楚说：我确实觉得自己非常痛苦。

欧阳涛说：婚恋困境中有各种各样的痛苦，现在让我们来看看，你的痛苦在其中是什么位置。

首先，婚恋痛苦，女人有，男人也有。你属于女人这一块。

那么，女人在婚恋方面的痛苦有哪些呢？

下面这五大类可能是最主要的：

第一类，想嫁又嫁不出。

第二类，对婚姻不满意。

第三类，丈夫有了第三者。

第四类，有夫之妇爱上第三者。

第五类，离婚后成了单亲母亲。

以上五大类痛苦，想嫁又嫁不出去的痛苦，比较而言是级别最轻的一种。想嫁未能嫁，总有一个理想婚姻在希望中存在。恋爱失败，至少还不等于婚姻本身的失败。

而在想嫁未能嫁的情况中，又可以分为三类：小龄女孩的想嫁未能嫁，中龄女孩的想嫁未能嫁，大龄女孩的想嫁未能嫁。你今年二十六岁，属于小龄女孩的想嫁未能嫁。

那么，在这三小类中，小龄女孩的痛苦肯定又是最轻的一种。

再往下,想嫁未能嫁的小龄女孩面对婚姻,又各有多少种痛苦呢?

粗略分也有二十来种:有的女孩因为个人条件差,比如残疾,生理有缺陷,个子特别矮小,相貌特别不好,在面对婚姻时的痛苦可想而知;有的女孩家境极其贫困,父母体衰多病,负债累累,兄弟姐妹也都读不起书,等等,这样的女孩婚恋位置自然不好;还有的女孩幼时受到过性侵犯,恐惧男人,她们面对婚姻时的困难更是常人不能想象的;还有很多种女孩的婚姻痛苦,就不一一列举了。

像你这样只是因为性格有些缺陷而在婚恋中感觉痛苦,又是最轻的一种。

现在你看,女人在婚恋方面痛苦的五大类中,你是最轻的一类。在低龄、中龄、大龄三个年龄段中,你又是痛苦最轻的低龄这个年龄段。在想嫁未能嫁的低龄女孩中,你的问题又是最轻的一种。这样,五乘三乘二十等于三百种。在三百种女性婚恋的痛苦中,你占其中一种,而且很靠后。这算得了什么呢?比起许多更痛苦的人来,你已经很幸运了。

欧阳涛最后说:你能很注意地听完这段客观描述,表明你完全有力量走出痛苦。

叶楚楚微微点了点头:我明白了。但我还是很痛苦。

欧阳涛说:这我理解。

叶楚楚说:我的痛苦不仅是刚才讲的那些,有些很难言传。

欧阳涛说：你的痛苦表面看来是想结婚却找不到合适对象，但其实并不是这样。

你原本不一定急于结婚，你着急的是什么呢？想证明自己不那么窝囊，不那么失败。每当恋爱失败后你都自责，越自责就越痛苦。你为自己的性格缺陷痛苦，为没有能力改变自己的缺陷而痛苦。当然，这一切又让你想到未来很可能失败的婚姻，结果你就更悲观。你甚至怀疑自己的整个人生都会因为性格的缺陷而毁灭。

这样，一次次相亲失败产生的联想在加重着你的悲观，恶性循环，不可自拔。

叶楚楚有些惊讶：你怎么会知道？

欧阳涛说：我还没有说完。你的自责越来越深，改变自己的决心不知下过多少次，因为都未能奏效，结果对自己越发失望乃至绝望。这时候，你会骂自己没出息，骂自己无能，有的时候似乎真的不想活了。

叶楚楚说：我经常一个人躲在屋子里流眼泪，父母也不知道为什么。

欧阳涛说：在那种时候，你还会对父母产生特别复杂的情绪：一方面恨他们对你不理解，什么事都要你拔尖，让你有压力；一方面又觉得对不起他们，这些情绪又加重了你的负面想法。

叶楚楚说：莫非欧阳老师也有过这种体验？

欧阳涛很郑重地回答：这一类体验我一定有过。

叶楚楚问：我为什么会变成这样呢？

欧阳涛说：是父母对你的过分娇宠造成的。他们一方面想让你什么都好,特别完美;另一方面又对你什么都不放心,告诉你要警惕这要警惕那,结果你对这个世界过分多疑,自然也包括对男人过分猜忌胆怯。

叶楚楚问:就这么简单吗?

欧阳涛说:就这么简单。

叶楚楚说:我怎样才能克服自己的缺陷?

欧阳涛说:放松一点,随意一点,别太当回事。

就像睡觉,一个人睡不着时,硬要努力去睡,反而更睡不着。这时精神放松一点反而慢慢睡着了。调整自己的状态和性格也要这样,不要过分急于证明自己,不要有太多的自责,包括不那么过分地急于解决婚姻。这样,心态放松了,问题就去了一多半。

叶楚楚神情开朗起来:还有呢?

欧阳涛说:改变一点认知。

过去你认为自己很不幸,现在要这样认识,有这点痛苦是人生的经验。过去你认为从大学就开始恋爱到现在都没成功,自己很失败,现在要这样认识,正因为恋爱过很多次,有了比较,往下才会有更理性的选择。过去你认为自己性格有缺陷,因而悲观绝望,现在应该这样认为,任何人都是不完美的,你已经认清了自己的缺陷,这说明你很了不起。

叶楚楚问:还有呢?

欧阳涛说:当你放松了,想法对头了,乐观自信了,对男人既不过分挑剔又不自卑,适合你的对象会自然而然出现的。

一个人睡不着时,硬要努力去睡,反而更睡不着。这时精神放松一点反而慢慢睡着了。调整自己的状态和性格也要这样,不要过分急于证明自己,不要有太多的自责,包括不那么过分地急于解决婚姻。这样,心态放松了,问题就去了一多半。

当你放松了,想法对头了,乐观自信了,对男人既不过分挑剔又不自卑,适合你的对象会自然而然出现的。

八　精神危机

所有的拒绝在别人眼里都无关痛痒,但本人承受时却非同寻常。

叶楚楚走了,夏小艾来了。

欧阳涛看看表,离讲座时间还有一会儿。

曹爽慨叹地说:看来任何人的要死要活之痛,对于大千世界都无关痛痒。在旁人看来,叶楚楚年纪轻轻,生活优越,谁能相信她会痛苦到想要自杀?许多人表面上光鲜靓丽,内心不知道有什么难以告人的隐痛呢。

夏小艾说:我姐姐从小长得漂亮,学习又好,在外人看来活得无忧无虑。我却知道她在中学时有过一次严重的精神危机。起因是悄悄喜欢过一个男生,表白后遭到了拒绝。她当时痛不欲生的样子我现在还忘不了,有一段还演变成厌食症,人瘦得不成样子。

就是这么一件说不上来的小事,人差点毁了。

夏小艾说完,问欧阳涛:这样的事说给别人听没有人会相信。你会相信吗?

欧阳涛说:我当然相信。这叫遭受拒绝之痛。

夏小艾说:你也遭受过拒绝吗?

欧阳涛说:任何人都会有遭受拒绝的体验。譬如我写了一本书,被出版社退了稿,也叫遭受拒绝。遭受拒绝是一种很大的心理挫折。

夏小艾说:我是指那种很特别的遭遇拒绝,看着事小但终生难忘。

欧阳涛说:所有的拒绝在别人眼里都无关痛痒,但本人承受时却非同寻常。

我小时候有一阵父亲被诬陷受到打击,我也成了受人歧视的孩子。那时常看别的小孩踢球,我也想一起玩,但总被拒绝。现在想来,一个小男孩想踢球,别的小朋友不愿意,算什么?但那种难受对于那个小男孩来讲就是天下最大的事。我一生都忘不了这件事,可见印象之深。记得有一天我站在草地边孤零零地看着小朋友们欢快地奔跑踢球,有个阿姨路过,她一定看出了我的难受,蹲下身来轻轻抱了我一下,那个安慰也是我一生忘不了的。

曹爽说:刚才你给叶楚楚咨询时,她问你是不是也有过相同的体验,我记得你的回答是,这一类体验我一定有过。为什么叫这一类体验? 为什么叫一定有过?

欧阳涛说:每个人的经历不同,和她完全一样的体验我可能没有,然而,天下的痛苦可以分成类型,各种类型的痛苦体验我一定会有的。

夏小艾说:你的分类也不能太简单呀。比如,把遭受拒绝分成一类,不同的遭受拒绝还是有很大差别的。像我姐姐那种单恋遭受拒绝的痛苦,你能体会到吗?

欧阳涛说:当然可以。我虽然上高中时没有单恋过,然而,我可能在人生的其他阶段单恋被拒绝过。可能不像你姐姐那么明确地遭受拒绝，但会轻微地遭受一下。比如对某个女孩有好感想亲近，对方不买账，这种情况还是遇到过的。在程度上虽然和她的受挫有差别，但只要设身处地一体会，就知道是怎么回事了。就好像你虽然没有受过重伤，但轻伤的感受使你能够想象重伤时的痛苦，放大一点就有了。

夏小艾说：有些特别的体验，譬如孕妇生产时的痛苦，没生过孩子的人怎么会知道？

欧阳涛说：人总有肚子胀痛的时候呀。只要把这种体验无限放大，就知道生孩子有多么痛苦了。

就像有人偷了东西，心里会不安，你虽然没有在真正意义上偷过东西，但是，你小时候可能曾背着大人做这做那，大人不让你夏天吃那么多冷饮，你偷着吃；大人不让你太晚了还玩游戏机，你偷着玩；或者因为和哪个小朋友闹别扭，偷偷把他的橡皮扔了。在这些事中，一定会给人与前者类同的体验。

曹爽说：这么说来，人世间的各种喜怒哀乐，每个人都应该能体验到。

欧阳涛说：人所具有的我都具有，这是马克思很喜欢的一句格言。我愿意从心理体验的角度使用它。世上任何人的任何一种喜怒哀乐，包括不安、恐惧、嫉妒、愤怒、郁闷、烦恼等，我都该能体验到。

曹爽说：为什么你能做到这一点，别人却做不到？

欧阳涛说：有一条根本的经验，那就是设身处地。只要你愿意设身处地去理解别人，就能够理解别人。可惜一

人所具有的我都具有，这是马克思很喜欢的一句格言。我愿意从心理体验的角度使用它。世上任何人的任何一种喜怒哀乐，包括不安、恐惧、嫉妒、愤怒、郁闷、烦恼等，我都该能体验到。

般人只习惯注意自己的感受。

曹爽说:总注意体验别人的痛苦,不累吗?

欧阳涛说:人各有志,我研究的就是人的心理嘛。不久前报上一篇文章报道,一个老人七十多岁了,天天到街上蹬三轮,挣了钱就去资助穷孩子上学,可是他自己家里穷得连件像样的家具都没有。一般人可能不理解他为什么这样做。我理解。恰恰是这样,这位老人活得自得其乐。

曹爽看出夏小艾也在想什么,问:你是不是对这个话题也挺有感触的?

夏小艾点头:是,我联想到自己了。

夏小艾说:我妈妈离婚后拉扯我和姐姐长大,很不容易。

那时候妈妈总怕自己活不长,供不到孩子大学毕业,所以上学的时候总让我往前赶,不仅五岁上学还得跳级。因为比同学年龄小,从小学到中学一直是班里最瘦小的女孩,再加上家境不好穿得差,特别不起眼,看着同学们有说有笑在一起玩耍,我特别自卑。

夏小艾说:那时候没有一个男孩注意过我。

后来上了大学,一个老师给了我很大的鼓励。夏小艾不易觉察地瞄了一下欧阳涛:他很肯定我,我才慢慢开始有了一点好感觉。

曹爽问:又后来呢?

夏小艾笑了笑:女大十八变嘛,后来年龄大了,人也长开了,自己学习又好,开始有男生献殷勤,这才慢慢有了自信。

只要你愿意设身处地去理解别人,就能够理解别人。可惜一般人只习惯注意自己的感受。

曹爽这时一拍手：我刚才的发现还真有道理，大千世界男男女女都活得热热闹闹，其实挖开来看，谁都有很特别的精神经历。

夏小艾轻轻一笑，转移开话题：欧阳老师，我有个建议，你在讲座中能不能将恋爱和婚姻划分开？恋爱常常导致婚姻，但恋爱和婚姻其实是两码事。

欧阳涛说：你对这个话题有什么想法？

夏小艾说：我认为，恋爱是必须的，婚姻常常是不必要的。

九　上善若水

将自己体悟到的道理告诉世人，是一种大善。

晚上，欧阳涛谢绝了一切应酬，专心在家写作。

写完最后一行字，他伸了个懒腰，习惯地看了看墙上的挂钟，已经是夜里十一点多了。出版社约的一部书稿原计划近期就该交稿，因为"婚姻诊所"的讲座，不得不往后拖些日子。好在初稿终于在今晚写完，接下来的修改和补充不会太费劲。

欧阳涛将书稿存盘，然后上网收信。

又是十几封来信。他微微皱了皱眉，把这些信一一回复，需要点时间。而现在，他已经比较累了。但他有个习惯,回信不过夜,否则信件会越积越多。

欧阳涛通常会将来信分成几类。

一类是朋友间的交流与问候。这里所说的朋友,是真正意义上的朋友,不仅相识并且有一定的交往。

还有一类是工作信件,如学术圈里发起或策划某些活动,一些会议的通知。对大多数会议活动他采取回避态度,他不喜欢官样文章。由于"婚姻诊所"的讲座,近来常有电台、电视台邀他做讲座或进行采访,他都拒绝了。他已经想好,这次讲座完成之后,他需要清静一段时间,好好研究点问题,写一点东西。当然,对于报刊约稿,只要有时间,他还会尽量写。

接下来就是素不相识者的来信了。今天的来信中,有的只是因为收到回信表示感谢。这种信读着高兴,也不用再回。还有一些信或许三言两语点拨一下就可解决问题,他很快写好,发出。有一些信所提问题很具体,他在讲座中专门讲过,他会告诉对方上网看看他的讲座视频,顺便将链接发过去。有个别信件他觉得不能回答得太匆忙,需要给对方提供具体指导,他会将这类信暂存起来,待时间充裕时再回。

十几封信就这样一一处理完了。

最后一封信,又来自那个熟悉的邮箱。

尊敬的欧阳老师:

丫丫又给你写信了。

今晚,我在自己的小屋里又一次将你在网上的讲座一期期重新看了一遍，你讲得真好，我特别喜欢。

　　我注意到你在讲座中会不时穿插一些例证，也常常会引用年轻人的信件。有这么多人愿意相信你，把内心最隐秘的伤痛和困惑告诉你，这是因为欧阳老师是值得信托和依靠的。

　　这使我想到，因为这个讲座，给你写信请求帮助的人一定更多了。你每封信都会回吗？

　　如同我一样，每个写信的人都希望收到回信。

　　但丫丫想告诉你，其实你真的不必每封信都回，那样太累了。你说过，将自己体悟到的道理告诉世人，是一种大善。既然如此，即使收不到回信，人们也会理解的。

　　希望欧阳老师保重身体，平安喜乐。

　　我会准时收看你的每一期讲座。

丫丫

　　夜已经很深了，四周一片宁静。欧阳涛在电脑前读着这封信，目光在"大善"两个字上停住了。这是不久前他和夏小艾谈话时使用过的一个概念，在讲座中并没有提及。

　　他又回忆了一下，是的，在讲座时的确没有使用过"大善"两个字。

　　为什么丫丫会在信中提到呢？难道……欧阳涛似乎已得出了某种结论。

　　他微眯起眼，对着电脑沉思。

　　他应当怎样对待这样的祝福呢？

伍　　　　　围城内外

一　爱情发生发展律

在这个世界上，人人都追求爱。有人爱得疯狂，爱得要死要活，可大多数人并不清楚爱是怎么来的，更不知道爱情的发生发展律。

欧阳涛计划在新一期讲座中讲讲"爱情发生发展律"。

之前，夏小艾从众多希望与欧阳涛面对面解决问题的人中选出了林晓慧。

讲座一开始，林晓慧先讲了自己的故事：

我是无意中成为第三者的。那一年我刚刚大学毕业，到距省城很远的一个偏僻中学支教。在人生地不熟的环境里，强给我的第一印象就很亲切。他也是来支教的，年龄比我大十岁。经过一段时间的接触，发现强的性格气质也很吸引我。

我那时太年轻,根本谈不上有什么生活经验,常常会因为想家偷偷流泪。强是那种话不多的男人,他很少用语言安慰我,但会帮我打饭、烧开水。天凉了,会提醒我及时添加衣服,有时还互相帮着收发信件。宿舍里的灯坏了,他会架上梯子为我换好新的灯。周末的傍晚,校园里一片寂静,他会拉上我一起到周围的农田里散步。一次我半夜发高烧,他找来小推车一路颠簸着把我送到县城医院。住院期间又每天往返为我送饭,让我非常感激。

我从小性格比较孤僻,长这么大还没有一个男人这么关心过我。强的存在使我感觉艰苦的生活不那么孤独了,夜晚躺在宿舍里,也觉得很安全。天长日久我渐渐对他产生了一点依赖,有了难处就会去找他。

强大概觉察到什么,他告诉我自己已经结婚,但和妻子没有多少感情,是父母包办的。我听了禁不住对他有些同情,但两人的关系也仅限于此。

转眼间一年的支教期限到了,两个人都要离开这所学校,而一旦离开,就意味着我们不能再像现在这样天天见面,彼此关照。那一晚我们不再控制自己……

事情过后,强搂着我说,其实他也早就爱上了我,只是碍于自己已经结婚,一直不便表达。那天晚上他很郑重地承诺,回城后就和妻子离婚,然后跟我结婚。

以后的日子，虽然回到同一个城市，但毕竟相隔很远，加上他已婚的身份，我们只能偷偷地见面。

我是后来才知道强已经有了孩子。强的父母开始坚持不同意他离婚，妻子也不愿离，看到强的态度坚决，他的妻子提出，即使离婚也绝不放弃孩子。因为孩子的归属，离婚拖了很久，我为此也很歉疚，有段时间甚至感到绝望了。

等强拿到离婚证时，距离他的承诺已经整整过去了五年。

似乎这个过程太累也太折磨人，当我们真正走到一起时，彼此都没有了当初期待的那种欣喜。

按照离婚协议，强每个月可以接儿子过来住两天。一次我忘了接孩子，强十分生气，说："不是你养的你当然不上心！"又说："直到现在你家里人都不知道我有孩子的事，你如果真想和我一起过日子，为什么到现在都不告诉他们？"

强不理解我的心理，我不告诉父母，是怕他们为我担心。父亲身体不好，为了和强结婚取得父母的同意，我一直说强没有孩子。强因为对儿子的歉疚，也不打算再要小孩。对此，我对父母解释是我不想要孩子，为的是好好享受生活，同时有精力照顾他们的晚年。

我现在特别怕过周末，父母希望我们每个周末都能回家看看，可是因为和强闹别扭，我只能一个人回去。每到周五的晚上，我就开始编造第二天的谎言。上个星期说强有点发烧，上上个星期说强的朋友搬家他去帮忙……我不知道是否一直要这样编下去。

晚上躺在床上，彼此背对着背，他很少有过去的亲热。

前不久，我偶然发现强背着我和一个女人频频发送的手机短信，内容十分暧昧。这一方面让我生气，一方面也让我认识到两人结合来之不易，应该加倍珍惜。

在我的再三追问下，强只说是个女同事，然后就沉默。

他的沉默让我心寒。

我承认很爱强，不能失去强。我不明白的是，自己苦苦追求和等待的婚姻，为什么一旦得到了竟会这样？

听完林晓慧的叙述，欧阳涛说：林晓慧的故事很完整，包含了爱情发生发展的全部重要规律。

我们都知道，感情是婚恋中最特殊的要素。

婚恋常常从感情开始，并以感情发展为标志。感情好，婚恋顺利进行。感情破裂，婚恋结束。不论什么样的实际因素在影响婚恋，最终都要表现在感情上。

最美妙的婚恋，感情如花如玉。

最悲剧的婚恋，感情撕心裂肺或者丑陋不堪。

感情是婚恋中最特殊的要素。

最美妙的婚恋，感情如花如玉。

最悲剧的婚恋，感情撕心裂肺或者丑陋不堪。

在这个世界上，人人追求爱，有人爱得疯狂，爱得要死要活，可大多数人并不清楚爱是怎么来的。

现在，让我们通过对林晓慧的分析，讲一讲爱情发生发展的规律。

欧阳涛把目光转向林晓慧：第一，你刚才讲到，你见他第一面就印象不错。

林晓慧点点头。

欧阳涛说：这就是爱情的第一条发展规律，一见钟情。

林晓慧想了想：也还没有到那种程度，只是印象不错而已。

欧阳涛说：一见钟情也有不同的程度。

总结爱情规律，我们会发现，很多婚恋对象最终走到一起，都有第一面的好印象做开头，这就是人们常说的直觉。直觉很重要。第一面毫无感觉，后来能成好夫妻的很少。第一面有好感，常常表明直觉在一刹那做了判断。所以，相逢时的第一印象很重要。这里没什么道理可讲，也不需要经验和逻辑推理。第一印象彼此亲切有好感，一切就有了开始。

欧阳涛又说：第二，你接着谈到，经过接触，发现对方的性格、气质对你有吸引力。

这就是一见钟情的第一印象之后逐步扩展。

喜欢一个人会有很多原因，可能因为外表漂亮、体魄强健，可能因为成功、有钱，还会因为气质幽默儒雅。总之，感情会因为对对方诸种优长的了解之后继续发展。

这是爱情的第二条发展规律。

林晓慧表示理解地点点头。

欧阳涛说：第三，你注意到没有，你讲到"天长日久"这个词。

你们在一个地处偏僻的中学里，学生不多，老师更少，活动空间单调，两人有事没事都会凑到灶上一起吃饭，饭后也没有其他活动，只好散散步聊聊天，有时还互相帮着收发信件之类。这些看来很平常的交往，潜移默化地发展了双方的感情。

当然，那时你们还没有意识到，这就是爱。

林晓慧说：的确，那时候完全没有意识到，感觉平平常常。

欧阳涛说：这却是爱情的第三条发展规律，爱因为累积而增加，日久生情。

第四，你讲到自己生了一场大病，他对你很照顾，你对他有感激之情。

林晓慧说：是，那场病全靠他照顾。

欧阳涛说：你想过没有，正是那场大病，使你对他的感情有了很大发展。

林晓慧说：我很感激他，但也没往别处想。

欧阳涛说：也许你理智上真的没想，但事实上感情有了发展。这是爱情的第四条发展规律，爱情常常因为感激而发展。

林晓慧回忆了一下说：是这样。

欧阳涛说：第五，后来你又知道他婚姻很不幸，于是

爱因为累积而增加，日久生情。

对他产生了同情。

这就是爱情的第五条发展规律，爱情常常因为同情而增加。

爱不会纯粹因为同情而产生，同情不是爱情；但当你有了爱情时，同情会增加爱情。

这是每个人都能体会到的爱情规律。

林晓慧对这一点不假思索地点头了：知道了他的婚姻不幸，我意识到自己可能爱上他了。

欧阳涛说：第六，当你们要离开那所学校时，发现有可能从此失去对方，那一夜你们不再控制自己，爱情进展了一大步。其实在此之前，你们已经意识到了彼此相爱，只是很克制。结果越克制感情越强烈，是这样吧？

林晓慧点头：如果不是因为分手，我们还是不会走出那一步。

欧阳涛说：你可能没想到，爱情常常越克制越强烈。

如果两个人随随便便就发生了婚外情，感情倒可能很快淡化。就因为你们一直克制自己，感情与道德禁忌形成了剧烈冲突，感情像被压抑的弹簧越压越强烈。

这就是爱情的第六条发展规律，爱因为压抑越发增强。

爱因为压抑越发增强。

林晓慧说：可能是这样，只是过去不了解感情有这种规律。

欧阳涛说：感情常常会因为克制而强化。说个笑话，男人向女人求爱，女人半推半就一下，常常更能激发男人的爱情。男人向女人求爱求亲热，女人毫不克制，一点半推半就都没有,说没问题,来吧。彼此还有感觉吗?

林晓慧笑了。

欧阳涛接着说:后来你们回到了城里,却因为他有家庭而不得不忍受长时间分离。分离的结果是什么呢?

林晓慧说:想他快想疯了。

欧阳涛说:这就是爱情的第七条发展规律,爱会因为一定的时空分隔而增强。

爱会因为
一定的时空分
隔而增强。

当然,这里只说是一定的时空分隔。过分漫长的分隔有时也会削弱和淡化感情。但是,没有空间和时间的分隔,爱情不仅得不到发展,还会遭受破坏。物以稀为贵,感情再好也不能天天泡在一起,适度的分离是感情的催化剂和再生剂。俗话说"新婚不如小别",就是这个道理。相爱的人被迫分离,客观上也是对恋情的一种强化。

欧阳涛又说:第八,你讲到对方一直在做离婚的努力,但是很不容易。

林晓慧说:是的。他父母不同意,他本人又舍不得放弃孩子,有段时间我都绝望了。

欧阳涛说:这就是爱情的第八条发展规律,爱情越是得不到满足反而越有渴望。

爱情越是
得不到满足反
而越有渴望。

林晓慧问:容易得到就不爱了吗?

欧阳涛说:容易得到的东西往往会显得不那么宝贵。不仅爱情是这样,婚姻是这样,其他金钱、名利、地位等一切成功,都是这样。

林晓慧领会了,点点头。

欧阳涛说:第九,你刚才说,对方离婚必须放弃孩子,你对此很歉疚,对吗?

林晓慧说:是。

欧阳涛说:这就是爱情的第九条发展规律,爱还常常因歉疚而增强。当一个人有了歉疚感时,对爱人会有一种情感上的补偿,对对方更加呵护和关爱。这是不知不觉的事情。

林晓慧想了想,明白地点了头。

欧阳涛说:第十,你们终于结婚了,你发现自己并不像原来想象的那样欣喜,甚至彼此的感情有些平淡。只是由于他手机上的暧昧短信,你又不那么平静了,一方面是难过,一方面又觉得彼此应该珍惜。

林晓慧有些不好意思地笑了:是。

欧阳涛说:这就是爱情的第十条发展规律,爱因为第三者的刺激而增强。

第三者虽然是很多婚恋的破坏因素,但第三者的存在又是许多婚恋感情的特殊激素。

欧阳涛最后问林晓慧:你刚才的讲述中有一句话特别引起我的注意,你为什么会对他爱得这么深?你是这样说的,因为从小性格比较孤僻,长这么大还没有一个男人这么关心过你。

这句话就概括了前面讲的十条。爱因为稀缺而宝贵。爱因为稀缺而保持它的新鲜感。爱因为稀缺而发展。

爱还常常因歉疚而增强。当一个人有了歉疚感时,对爱人会有一种情感上的补偿,对对方更加呵护和关爱。

二　爱情递减消亡律

爱情的几条递减律,是经营家庭与爱情必须引以为戒的。

林晓慧还有困惑:爱情一定是这样的发展规律吗?我记得有本书上说,同情不是爱情,可是,你刚才讲的十条里有一条就讲到同情增加爱情。

欧阳涛说:我的原话是,同情不是爱情,但有了爱情时,同情会增加爱情。

这是完整的两层意思。一层,同情确实不是爱情。一个瘸腿乞丐在街头乞讨,你会很可怜他,甚至会施舍他,但那只是同情,不是爱情。假如你对一个男人产生了爱情,哪怕是朦胧的爱意,这时如果他生了病,遇到困难,或者受到伤害了,你的同情不就增加了对他的爱情吗,你不就经历过这样一步?

又比如,我们刚刚讲到,歉疚不是爱情,但是当歉疚指向你的爱人时,歉疚会增加爱情。你爱一个男人,是因为他的种种优长之处。如果他又为你做了过多的牺牲,歉疚肯定会增加你的爱情。

林晓慧听明白了,问:这十条规律对每个人都适用吗?

欧阳涛说:这十条规律对每个人都适用,都起作用。

林晓慧问:那人和人还有什么差别?

欧阳涛说：这十条规律在每个人身上的作用强弱大小有很大差别。

譬如第一条,一见钟情,有的人可能爱情来得快,来得猛,一见钟情就接近搞定。我们把这种特点叫作爱情第一启动强。

而你呢,初始的感情淡淡的,有好感而已。这叫爱情第一启动弱。

又比如,有人感情来了,道德伦理的禁忌微乎其微,无论是真正的恋爱,还是婚外情一夜情,说来就来。而你不同,你很能自我克制,直到要分开时才迸发了激情。

你看,上述特点造成你的恋爱启动慢,发展慢,下决心慢。但下决心后怎样呢,你又非常坚持,轻易不撤退。你顽强地等待着对方离婚,一定要将恋爱转化为婚姻。一旦有了自己的婚姻,对家庭之外的第三者又反应强烈。

总之,你属于那种在感情上不轻易启动、不轻易投入、不轻易决断,一旦启动了,投入了,决断了,又不轻易放弃的执着型。

林晓慧说:我确实属于放不下的类型。我现在特别怕第三者破坏了我们的感情和婚姻。

欧阳涛笑了:你在这方面当然会比较敏感,说白了,你就是转正的第三者嘛,现在自然要防范别人成为第三者。

林晓慧说:我应该怎样防范第三者介入我的家庭呢?

欧阳涛说:这还不明白吗?你的丈夫为什么能和你发

生婚外情，又下决心和前妻离婚呢？

　　林晓慧说：他们夫妻本来感情不和。

　　欧阳涛说：对了，这就是我要告诉你的。对于第三者，适当的防范是必要的，过度的防范反而是有害的。防范并不能保证夫妻关系和美。你首先要做的是把自己的家庭经营好，把夫妻感情经营好。夫妻感情越好，第三者的破坏力就越小。

　　林晓慧说：我现在最担心的就是两人感情越来越平淡。婚前遇到那么多困难，从来没有担心过感情问题，每次见面都难分难舍，现在结了婚，感情倒不如过去了。

　　都说婚姻是爱情的坟墓，是这样吗？

　　欧阳涛说：婚姻是爱情的坟墓，这话有一定道理。

　　因为爱情除了有发生发展的规律，还有消减下降的规律，而下降规律中有一条，就是爱情会因为合法化而失去刺激力与新鲜感。就好像一本好书，你好不容易借到了，而且马上要还，你会抓紧时间看，甚至做详细笔记。可是，如果这本书买回家了，它完全属于你了，你却可能把它放进书柜很长时间不看它——这个比喻虽然不完全恰当，但两者有相通之处。

　　婚姻使爱情合法化。

　　但同时，婚姻也会使爱情失去某种刺激力和新鲜感而有所下降。

　　林晓慧说：那该怎么办？

　　欧阳涛说：没有任何办法可以避免这一点。但这一条孤立存在，对彼此的感情没有太大妨碍。关键是爱情还有其他几条更重要的递减律下降律，那是我们经营家庭和爱情必须引以为戒的。

林晓慧说：哪几条？

欧阳涛说：爱情递减律的第一条，爱会因为厌倦而失色。

我们刚才讲到日久生情，爱因为天长日久而发展，但那是有限度的。超过一定限度，爱也会因为日日厮守而产生厌倦，已婚男女尤其如此。所以，想避免这一条，就要注意保持新鲜形象，让爱人看到日新月异的你，而不是一成不变邋里邋遢的你。

爱情递减律的第二条，爱会因为彼此逼近而逆反。

想想看，你和一个陌生人走在马路上，会保持一定距离，彼此不会有压力。但两个陌生人如果长时间被关在一个电梯里，彼此会感觉极为别扭而且有压力。

夫妻之间也必须有空间距离。太逼近了，彼此会逆反。

这是要特别注意的。

爱情递减律的第三条，爱会因为利益摩擦而受致命伤。

夫妻之间表面看来利益一致，但也常有利益不一致的地方。他想照顾他的父母家人多一些，你想照顾你的父母家人多一些，这种摩擦虽然不是原则问题，但处理不好也会伤害感情。至于讲到其他方面，他在朋友面前要行侠仗义，你有你的人际关系需要照顾，维护自尊心是各自的利益，有时会产生冲突。如果不善于调适，双方的感情就

爱情递减律的第一条，爱会因为厌倦而失色。

爱情递减律的第二条，爱会因为彼此逼近而逆反。

爱情递减律的第三条，爱会因为利益摩擦而受致命伤。

会遭到破坏。

爱情递减律的第四条,猜忌是爱情的杀手。

这一条就不多说了,你可能正在经历。查电话查短信啦,喋喋不休地向对方逼问啦,对感情的破坏很厉害。只这一条,就可能把多少美好的积累破坏完了。

爱情递减律的第五条,限制对方是自掘爱情的坟墓。

男人限制女人,女人不愿接受。女人限制男人,男人可能更不堪忍受。

很多人用限制对方来安慰自己的嫉妒心,来增加婚姻的安全感。恰恰是这种限制,造成了感情的最终破裂。

这几点显然击中了林晓慧,她一边听一边思索起来。

林晓慧说:这几点对我都有针对性。我这个人是这样的,不属于我的东西我不贪图,属于我的东西我就要死死抓住。

欧阳涛说:我们的先人老子讲过一句话,执者失之。意思是说,越是死死抓住的东西,最后反而可能会丢失。天下很多东西不是靠硬抓死抓能抓住的。万事都要因势利导。

林晓慧有些着急地问:我怎样做才对?

欧阳涛说:先把你的焦虑拿掉。你不是讲了,不属于你的你不贪图,既然这样,你就放松心态,是你的跑不了;不是你的,你再贪图,再死死抓住,还是会失去的。

要多相信自己一点,也多相信对方一点,然后好好地生活,快乐地工作。自己先活成一个人样。这么一想,你就心宽了,对他也放松了,事情反而比现在好处理得多。

然后,在这个基础上讲点方式方法,就都有了。

林晓慧在听欧阳涛开导时,一时显得很理解,一时又显得有些神色焦虑。

这时,夏小艾插了一句:千万别把婚姻太当回事,什么东西太当回事,就会为它发愁,直到愁得不可自拔。

三　男孩的苦恼

婚姻不仅仅是爱情,还意味着一种责任,意味着彼此将唇齿相依,患难与共。

曹爽十多岁失去父母,一直和姐姐曹洁相依为命。姐姐大他十多岁,像母亲一样把他带大。也因为此,姐姐的婚期一拖再拖,直到曹爽大学毕业找到了工作,三十多岁了才打算和相恋多年的男友结婚。岂料婚前检查得了白血病。曹洁怕拖累男友,提出分手。但男友和曹洁感情深厚,说哪怕和曹洁生活一天,也要结为夫妻。

就这样,两个有情人终成眷属。婚后曹洁一直边治病边锻炼,很是努力,但病情起起伏伏,非但没有好转,反而有恶化的趋势。曹爽的姐夫在工厂上班,这几年厂子不景气,每月只发七八百块钱,生活的担子一大半压在了曹爽身上。按说曹爽在网站上班,工资不低,但高昂的医药费还是把他弄成了穷光蛋。一个月前,他和姐夫商量着将原来住的房子卖掉,到郊区城铁边上租了个一室一厅的小房子。姐姐姐夫住卧室,曹爽晚上睡客厅里的沙发床。

这天,田静约了夏小艾一起去曹爽家看望曹洁。听曹爽说,他姐姐最近病情不大稳定,不肯吃药,也不怎么配合医生治疗。

曹爽很着急,打电话向欧阳涛请教。

欧阳涛早听田静说过曹洁的事,三个人相约周末一同去曹爽家。

一进门,曹爽和姐夫正在狭小的厨房里忙着熬药做饭,一股子刺鼻的中药味。曹爽见到来人,做了个鬼脸,说这是刚刚租住的新家,还没怎么整理好,让大家凑合着坐。

曹洁脸色蜡黄地靠在沙发上,见到田静勉强一笑:是曹爽派你们来说服我的吧?

田静说:哪儿的话,早就想来看看你。

又向曹洁介绍了欧阳涛和夏小艾。

曹洁说:我就知道他会叫朋友来说服我接受治疗的。

田静轻轻抓住曹洁的手,端详了好一会儿,说:应该坚持呀。

曹洁说:我何尝不想坚持呢。没有谁比我更想治好病,也好能过几天舒心日子。

说话时,她目光一直瞅着厨房里的两个男人,叹道:别看曹爽长得像个大小伙子,其实常常很孩子气呢。

田静说:那你尤其要坚持下去,坚持就是胜利。

曹洁说:我是下决心要坚持的。可是坚持了几年,觉得没有希望了,又想早一点结束,不能再拖累他们。

田静说:你不该这样想。

曹洁说:我的情况你都知道,再拖下去实在太辛苦他们了。我想活下来是为了他们,不想拖下去也是为了他们,你能理解吗?我知道我不在了,他们会难过。但难过上一阵儿,还会正常地生活下去。

这样说着话,屋里的气氛很压抑。

欧阳涛说:我今天来,有几句话想单独跟你谈谈。

曹洁想了想,把欧阳涛让进里屋。

欧阳涛说:曹爽因为你最近总不配合治疗很着急,让我来劝劝你。

曹洁说:我这一病就是好几年。早知道病成这样,当初说什么也不会结婚。她指着家里十分简陋的布置说:你看,我的病把这个家拖累成什么样了。

欧阳涛说:正因为病重,才要好好配合治疗嘛。

曹洁说:我是真的没有信心了,也不想再活了。我的父母死得早,那时候曹爽还小,我答应他们要把曹爽带大,而且要让他活出个人样。曹爽也真争气,一直非常努力,读了大学而且找到了好工作。他现在也不小了,可是有我这么个姐姐,哪个姑娘肯跟他?这几年因为治病,家里不仅花光了所有的积蓄,连曹爽都跟着借了一屁股债。再这么拖下去,我不仅对不起丈夫,也对不起父母。他们把曹爽托付给我,我不能帮他,反而成了拖累。

欧阳涛说:可是你知不知道,如果你不好好配合治病,因为拒绝治病而使病情恶化,那对你的丈夫、对曹爽意味着什么?你能活着对曹爽就是一种巨大的依托,是温暖的依靠,让他知道自己在世上还有亲人。能够帮助亲人,也是一个男人成长和成熟的必要锻炼嘛。

曹洁叹了口气:道理是这么讲,但实际情况是,我确实已经成为他们的拖累。

欧阳涛说:没有任何事情可以成为放弃生命的理由,你必须努力活下去。

如果你这样走了,你的丈夫和弟弟会背负一辈子的良心债。

欧阳涛说着,将随身带来的三万元放在桌上:这些钱你先用,我知道不能解决根本问题,但路是人走出来的,办法要慢慢想。在疾病面前,乐观是最重要的。

两个人回到客厅又坐了一会儿,两个女孩随欧阳涛一起离开。

田静在前面开车,欧阳涛和夏小艾坐在后座上。

欧阳涛还沉浸在一种无奈和伤感中。

他把和曹洁的谈话对两个女孩讲了,然后说:一个人能够活下去,是因为他有活下去的需要和理由。一个人不能够活下去,也有他活不下去的需要和理由。

夏小艾说:你的劝慰对曹爽的姐姐会起作用吗?

欧阳涛说:不会完全不起作用,但作用有限。许多人怎样活,能不能活下去,除了命运无法抗拒的生老病死,还和他的心理密切相关。

一个人能够活下去,是因为他有活下去的需要和理由。一个人不能够活下去,也有他活不下去的需要和理由。

　　我们看到过很多故事，一位病弱的母亲照理没有活下去的可能，然而，因为有孤小无助的孩子需要抚养，她会用超常的生命力坚持下来。当这个世界需要一个人时，我说的是那种不可或缺的需要，无论多么艰难，他都能活下来；一旦这种需要消失，他的生命才会结束。

　　曹爽的姐姐现在之所以不愿继续配合治疗，是不想再拖累亲人，巨额的医药费使她感到走投无路。现实很残酷，在目前的医疗体制下，一个人生重病，常常会累及全家甚至家族的所有亲人。

　　我最近收到一封信，一个年轻人说，他和一个独生女交往并且相爱，三个月后发生了关系，对方是处女。恰在此时，女孩的父亲突患重病住院。他和女孩悉心照料，但其父亲的病情并不见好转。日拖一日，高额的医疗费用使女孩一家不但用光了积蓄，还四处借下巨债。

　　年轻人说，也许他是不够爱女友，也许是自私吧，除了把自己的积蓄给女友外，并没有为她去借多少钱。也就是说，他并没有把女友的父亲当作自己父亲一样。

　　这样过了半年，女孩受其母亲和亲戚的影响，提出与男孩结婚，说这叫"冲喜"，或许可以让她父亲快点好起来。男孩踌躇未决，他说：一是我对她并未爱到可以牺牲一切的程度；二是我的双亲虽不反对我帮她的忙，但对要娶一个家庭负担过重的媳妇却颇有微词。因为她欠下的债务，以我和她的共同收入要很多年后才能还清，甚至永远还不清。

　　女友对男孩的态度感到失望，从此疏远了他。半个月后发来手机短信,说不想连累他,提出分手。

男孩心中十分愧疚,觉得占有了她的第一次,却未负起相应的责任,在女友最困难的时候没有和她在一起。此后他再去医院探望,见到女友的父亲骨瘦如柴而女友凄惶无助的情景,真的就想与她结婚算了。但一离开医院,又觉得和她结婚不会幸福,单就她所欠下的债务,将使自己今后承受很多年的压力。

欧阳涛讲完这个故事,问:如果你们的朋友面对这样的选择,你会给他什么劝告?

田静说:我当然同情这个男孩的女友。但客观地说,我又很理解这个男孩的苦恼。你多次讲过,婚姻不仅仅是爱情,还意味着一种责任,意味着彼此将唇齿相依,患难与共。你问我会给他什么劝告,我想,我不会只讲道德,比如为了感情要勇于付出一切。我会告诉他,在这样的时刻必须谨慎,看自己能否承担婚姻所承载的一切。

欧阳老师,你觉得我的态度对吗?

欧阳涛沉思了一会儿:我并不能用对或错来评判你的回答。我想,这个男孩有他的道德感,不需要再提醒他这一点。如果一定要有所建议的话,我会劝他除了尽最大可能帮助对方外,也要冷静下来想想对方想想自己,看自己究竟能否负起这份责任。

四　我不是处女告诉他吗？

对处女膜的重视表明了男人强烈的自我意识与占有欲。

关于处女情结，近来在网上引起热议。

网上调查表明，大多数男性希望自己的妻子在新婚之夜是处女。

有人说，男人总渴望成为他所爱的女人的第一个男人，而女人则希望能够成为她所爱的男人的最后一个女人。这种说法在某种意义上或许反映出了在爱的观念上男女之间存在的差异。

有人说，男人无法忍受在性方面被女友同她以前的男友做比较，这与男人在性方面缺乏自信有关。因此就男人而言，重视处女膜的心理背后，还隐藏着男性在性方面的不安感和幼稚性。

有人说，对处女膜的重视表明了男人强烈的自我意识与占有欲。

这天，夏小艾接到一个电话，竟是大学的同班同学方晓彤。简短的寒暄过后，夏小艾奇怪地问：怎么想起和我联系了？

方晓彤说：有件事你一定得帮忙。

夏小艾说：只要我能办到。说吧，什么事？

有人说，男人总渴望成为他所爱的女人的第一个男人，而女人则希望能够成为她所爱的男人的最后一个女人。这种说法在某种意义上或许反映出了在爱的观念上男女之间存在的差异。

方晓彤说：你得先答应我一定帮忙，我才敢说。

夏小艾心里有根筋一下警觉起来，自从开办"婚姻诊所"，托她找欧阳涛的人不计其数，每个人都一肚子苦水，每个人都万分急迫，夏小艾成了救他们于水火中的救命稻草。可不是嘛，在众人眼里，夏小艾在聊天室主持了欧阳涛的那么多期讲座，关系一定很亲密。他们并不知道，聊天之外的时间，夏小艾几乎从不打扰欧阳涛，有数的几次聚会，也不是她发起和操办的。在处人上，夏小艾一向很有分寸，甚至可谈得上小心翼翼。这是她这种家庭环境从小的教养。

于是，夏小艾有些迟疑地说：你不说什么事，我怎么帮忙？再说我也不是孙悟空，没那么神通广大。

方晓彤说：这件事你一定不能拒绝，因为这关系到我一生的幸福。

夏小艾说：别说那么吓人，否则真帮不了你，我岂不成了罪人？

方晓彤鼓了鼓勇气：那我就直说了，我在网上看了你主持的"婚姻诊所"，想见见欧阳涛老师。

对方的单刀直入让夏小艾真正有些为难了，她犹豫了一下，尽量委婉地说：欧阳老师很忙，我们有约定的，节目之外尽量不打扰他。

方晓彤说：我也不要你特别麻烦他，你们每期讲座不都要安排一两个人向欧阳涛咨询吗？我直接上你们的节目就是了。我看了预告，下期讲座的主题是"怎样对待处女情结"。

夏小艾听到这里已有些明白,于是叹了口气,说:好吧,谁让咱们是老同学呢。我求求欧阳老师,让他尽量安排一点时间私下和你谈谈。节目当然不能上,不然你今后怎么做人?

和欧阳涛一见面,方晓彤就很急迫:欧阳老师,我有很困难的事想请教您。

欧阳涛说:不着急,慢慢说。

方晓彤很坦率地说,自己大学时谈过恋爱,也发生过性行为。后来工作了,又交了新的男友,两人感情一直挺好,直到要结婚的时候,她把过去的事情说了。

男友无论如何也接受不了,为这两个人就吹了。

回忆起这段往事,方晓彤颇有点委屈:那天是中秋节,我们谈得特别投机。男友说想跟我坦白自己过去的恋爱史,不知我能不能接受?我说都快结婚了,还有什么不能接受的。于是他告诉我,之前曾爱过两个女孩,并且都发生过性关系。我听了,虽然有点别扭,但还是表示理解。我说我也想坦白自己过去的感情经历,你接受不接受?他信誓旦旦地说保证能接受。结果听我讲完了,他一直不说话,表情特难看。十五的月亮很圆,我们在月光下来来回回地走,可是彼此都不知该说些什么。之后的一段时间,他总为这事闹别扭,一闹别扭就要追问那些性爱的细节,并且怀疑我还隐瞒了什么没有告诉他,有时甚至怀疑我婚后会不会很忠诚。一开始我还拼命辩解,后来就演变成没完没了的争吵。

我觉得特别屈辱,受不了了,干脆吹了。

欧阳涛安静地听完方晓彤的故事,说:实际情况的确这样。女人往往能够宽容男人过去的性爱史,而男人却不能宽容女人过去的性爱史。

他问:你的问题是什么?

方晓彤说:我现在又恋爱了,男友对我很好,关系也基本确定了,双方的父母都催我们赶快结婚。我一直在犹豫,不知道该不该将以前的性行为告诉男朋友。

欧阳涛问:你自己是怎么想的?

方晓彤说:我内心一直很冲突。有了以前的教训,说了,怕破坏了和男友的关系,现在我们感情很好,各方面条件也合适,万一吹了,很难再碰上这么情投意合的人。可是不说,又觉得良心不安。

欧阳涛说:你要问我该如何处理吗?

方晓彤点头:是。

欧阳涛说:我的回答很简单,不说。

方晓彤问:为什么?

欧阳涛说:因为说了才不道德。

方晓彤愣了:为什么说了才不道德?

欧阳涛说:理由如下——

一、每个人都有隐私权,现代文明的表现之一就是充分尊重他人的隐私权。

这在文明的夫妻关系中也应该成立。夫妻之间虽然大多数事情应该坦诚相告,然而,每个人都应该允许自己也允许对方有一定的隐私。任何人想在婚姻与家庭生活

每个人都有隐私权,现代文明的表现之一就是充分尊重他人的隐私权。

中完全侵占对方的隐私空间都是野蛮的，完全剥夺自己或者对方的隐私权也是不文明不道德的。

二、现代婚姻建立在男女平等的基础上，只是这一条有时候并不兑现。

譬如，女人普遍能够原谅和接受对方过去的性爱史，你不就曾完全接受了前男友的性爱史吗？而男人却常常不能原谅或不愿接受女人过去的性爱史。这是一种旧观念：女人是男人的私有品、占有物，男人不仅要占有女人的现在，还要占有女人的过去。

向这种旧观念屈服，就是不道德。

让自己的男友陷入旧观念的烦恼，尤其不道德。

把女人当作占有物，不仅想占有她的现在，还想占有她的过去，是一种错误观念。你在前一次恋爱中，如果不说出学生时代有过性行为，就不会使你的男友犯这种错误——你说了，男友不原谅，是你使他犯了这种错误。

三、爱的指向是现在和未来，人永远不会为了过去而爱。

爱应该使人获得重塑现在和未来的热情和信心，而不是为了重温和加重过去的种种包袱。所以，有时回避和省略有伤于现在和未来的过去是道德的，与此相反是不道德的。

四、你坦白了过去的性爱史，结果可能伤害到你爱的人。你为了心安理得坦白了过去的性爱史，却因此伤害了对方，这显然又是不道德的。

所以，建议你不说，是因为爱对方，怕对方受伤害。

男人常常不能原谅或不愿接受女人过去的性爱史。这是一种旧观念：女人是男人的私有品、占有物，男人不仅要占有女人的现在，还要占有女人的过去。

向这种旧观念屈服，就是不道德。

爱的指向是现在和未来，人永远不会为了过去而爱。

所以，有时回避和省略有伤于现在和未来的过去是道德的，与此相反是不道德的。

这样做没有什么不道德。

方晓彤一下获得心理支撑,连连说:欧阳老师,您说得实在太好了。

欧阳涛说:如果再加上一点,那就是五,有些女孩忍不住要说,不一定因为诚实,而是一种不自觉的炫耀,为了炫耀曾经获得过男人的青睐。为了炫耀而伤害对方,让对方难受,即使恋爱和婚姻没有解体,但增加了对方的心理负担,这显然更不怎么样。

方晓彤听到这里站起身来,表情也开朗多了。

欧阳涛问:没有别的问题了?

方晓彤说:没有别的问题了。知道您忙,就不耽误您的时间了。

她忽然又想起什么,问:欧阳老师,我想,大的问题我肯定解决了,但以后会不会因为这种事还有一点小小不安的尾巴呢?

欧阳涛说:没关系,有一点不安的小尾巴没有坏处。

方晓彤问:为什么?

欧阳涛和蔼地一笑:有一点对不起对方的感觉,你会对他更好,会更爱对方。是不是?这是一种心理补偿规律。多一点爱有什么不好呢?

方晓彤走后,夏小艾说:欧阳老师,刚才你和方晓彤谈话时,我一直在观察你。你处理问题的分寸,从观念到语言到态度语气语调神态,真是恰到好处。

欧阳涛一笑:又夸张了吧?

夏小艾说：据我所知，生活中有不少男女相互坦白过去的爱情史，也没什么妨碍。这在西方并不罕见。

欧阳涛说：如果坦白了双方都理解都接受，没妨碍，我会更欣赏。我绝不会主动告诉女方要隐瞒自己的过去。可是，假若女方的坦言有毁掉婚姻的风险，或者女方有这种顾虑和内心冲突，我的回答还会像刚才那样。

夏小艾说：我还有一个问题，很多男人不宽容女人过去的性爱史，你认为这是旧观念的残余，把女人当成占有物。既然这样，为什么要妥协？也许说出来让男人也痛苦痛苦，社会才能改变旧观念。

欧阳涛笑了：理论上是这样。但假如我今天对方晓彤这类女性提这种建议，就会毁坏许多本来可能很好维系下来的婚姻与家庭，个人付出的成本太高。

夏小艾说：这样一来，理论和实际岂不脱节了？

欧阳涛说：不能这么说。也许再过五年、十年或二十年，整个社会的观念又有所变化，那时，我会告诉方晓彤这样的女孩子，说，干吗不说，男人听得下去，咱们就成；听不下去，干脆拉倒。

夏小艾调皮地看着欧阳涛一笑：知道我要说什么吗？

欧阳涛说：不知道。

夏小艾说：怪不得许多网友力挺欧阳老师，说你是他们的偶像呢。

五　一厢情愿的情人

给自己立一个规矩,凡事跳出自己的立场,从旁观者的角度打量一下你和对方的关系。

夏小米怀孕了。

这天深夜,夏小米悄悄回家,把睡梦中的夏小艾弄醒,不露声色地把这个消息告诉她。

夏小艾顿时从床上跳起来,睡意全无。

夏小艾问:确定吗?

夏小米说:我今天到医院检查了,百分之百确定。

夏小艾问:你打算怎么办?

夏小米说:还没有最后拿定主意,也许会把孩子生下来。

夏小米用一种决绝的目光盯着夏小艾:你可得为我保密,千万不能让妈妈知道,不然她非把我宰了不可。

夏小艾说:孩子的爸爸是谁?

夏小米顿时神色黯淡下来:别提了,他根本没打算跟我结婚。

夏小艾说:不结婚就要孩子,你没病吧?

夏小米说:这件事我想过很多次了,这两年我之所以急着结婚也是因为想要个孩子。我已经三十多岁,再也耽误不起了。不如趁现在年轻身体好,先把孩子生了,省得年龄大了想生也生不了。

夏小艾问:孩子生下来怎么带?

夏小米说:钱倒是不发愁,我挣的钱完全够花,无非是找个保姆。说不定到时候妈妈心一软,还会帮忙给我带呢!

夏小艾却觉得此等人生大事绝不能儿戏,她威胁道:这次你必须跟我见见欧阳老师,听听他的意见。不然我一定让妈妈跟你闹,让你过不成日子。

在夏小艾的安排下,欧阳涛与姐妹俩见了面。

夏小米曾去网站听过欧阳涛的讲座,彼此不算陌生。

夏小米并不拖泥带水,一上来就将自己的情况说明白了:我的事您一定早听小艾说过了。大学毕业后很草率地结了婚,不到一年就离了。那时因为条件好,人也年轻,追求的人挺多,也就大放宽心地玩。交过几个男友,都是冲感情去的,投合就在一起,不行就拜拜。一转眼到了二十八九,妈妈催着,自己心里也有些着急,认真交往了几个,感情投入很大,都是血本无归。现在三十多了,感觉越来越窘迫。

夏小米说:我现在真有点失去信心了,也不知道还该不该有自信。

欧阳涛点点头表示理解。

夏小米说:身边像我这种三十多岁的大龄女孩,层次挺高,挣钱不少,想结婚又难结婚的一大批,问题都不好解决。我听过您的讲座,当时很受启发。可是遇到具体问题,还是解决不了。

欧阳涛说:再深刻的婚恋理论落到具体的婚姻上只变成一条了,明白吗?

夏小米茫然地摇了摇头。

欧阳涛说:天下所有的深刻理论落到具体问题上,其实就变成两个字:选择。

婚恋的全部问题都是如何选择的问题。和 A 恋爱,还是和 B 恋爱,要选择。恋爱了,结婚还是不结婚,还是选择。是用这样的方法对待他,还是用那样的方法对待他,又是选择。

你看,再复杂的问题分解开来,无非是一个又一个的选择。

所以,所谓搞清理论,让自己变得聪明,最终要学会在一件又一件的具体事上做出正确的选择。

聪明人只做正确的选择,不做错误的选择。

欧阳涛停了一下,问:你现在面临的具体选择是什么呢?

夏小米犹豫了一下,说自己正谈着一个男友,彼此感觉不错,但不知用什么方法能让对方愿意和自己结婚。

欧阳涛问什么意思。

夏小米说,她和这个人认识一段时间了,见第一面就很有感觉,感情投入也快。这样谈了一阵子,才知道对方是有妇之夫。但感情到这个份儿上,她也舍不得放弃,于是,她提出想让对方离婚。

婚恋的全部问题都是如何选择的问题。

对方一开始表示,离婚是肯定的方向和结果。

不久又很为难,说妻子坚决不同意离婚。

接下来的问题是,他的父母也不同意他离婚。

两个人还在扯着皮,却发现自己怀孕了。

夏小米说:知道我怀孕后,他态度一下变了,原来一天几个电话,发无数短信,现在电话动不动就关机,发短信也不回。前几天见面居然打开了退堂鼓,说我们之间性格也有不合适的一面,劝我赶快把孩子打掉。

欧阳涛问:你的打算呢?

夏小米说:我还是不想放弃。这些年我谈恋爱也谈伤了,他如果实在不愿意结婚,我就想自己把孩子生下来,做个单亲妈妈。

欧阳涛问:你的态度他知道吗?

夏小米说:知道。他妻子知道我们的关系后,提出来想见我一面,我同意了。平心而论,他妻子人不坏,是居家过日子的那种,看得出来挺爱老公,也特别护家。一见面她就哭了,劝我把孩子打掉,并且提出拿五万块钱做补偿。我当然不干。这算什么,是买卖吗?我说,当初你老公是答应要和我结婚的,现在他后悔了我也没办法,但孩子我是一定要的,而且生下来要随父姓。孩子无罪,他应当享受父爱和属于他的一切权利。

欧阳涛说:如果你的决定是理性选择的结果,我没有异议。你有权选择生育,也有权主张孩子的种种相关权益。

可是,我想提醒你,一旦孩子降生,作为非婚生的孩子通过哪些具体的安排实现属于他的种种权利？他通过怎样的安排享受父爱？他和属于另一家庭的哥哥或姐姐怎样相处？

夏小米说：我想不了那么多，反正我挣的钱足够养大一个孩子。

欧阳涛说：事情并不是你想象的那么简单，养孩子可不光是有钱就行。

退一万步说，即使男方愿意承担父亲的相应责任，你作为单身女人，抚养孩子仍会面临很大的艰辛。你还年轻，你想过没有，自己未来的人生之路怎样走，值得为一个不肯为你负责任的男人独守一生吗？

夏小米说：我没有想为这个男人守一辈子，如果他实在不愿离婚，说不定我以后碰到合适的对象还会嫁人呢。

欧阳涛说：那好，假使有一天你找到合适的对象了，也准备好了嫁人，那么，这个婚前带来的孩子会不会影响你另一段生活的幸福？未来的婚姻意味着对方不仅要接受你，还要接受这个非婚生子女。

夏小米陷入沉思。于她而言，这似乎是无解之题。

欧阳涛又说：你现在正经历的是一段婚外情。婚外情之所以会受到约束或谴责，除了道德原因，还因为它会使当事各方受到损害并付出可能无法承受的代价。

作为你来说，如果确定要做单亲母亲，那么，在等待孩子降生的过程中，恐怕不仅仅是面对新生命的喜悦，还会感受到被"恋人"抛弃的屈辱和失落。此外，在抚养孩子的过程中，如何保护孩子身心健康地成长，使他不因自己

婚外情之所以会受到约束或谴责，除了道德原因，还因为它会使当事各方受到损害并付出可能无法承受的代价。

有别于其他孩子的身世而造成终生的精神阴影，恐怕也是你要面对的。这种种现实你有力量承受吗？

夏小米一时有些发蒙。

欧阳涛停了一会儿，说：刚才谈的是孩子。现在，关于你的这段恋情，想听听我的分析和建议吗？

夏小米说：当然想听。

欧阳涛说：首先，欧阳老师希望你放弃幻想，你现在还不是选择用哪种方法来实现这个婚姻，而是应该想清楚自己该不该追求这个婚姻。

夏小米愣了。

欧阳涛说：如果现在是你的男友来咨询，我会告诉他，结束和夏小米的这段关系，你们两人即使结婚也是问题婚姻。

夏小米说：我不明白你的意思。

欧阳涛说：你听过我的讲座，一定知道婚姻是什么。

夏小米说：婚姻是感情加多种实际利益关系。

欧阳涛说：人们在热恋时往往感情占着高位，容易忽略具体的实际利益，结果很多看着很投合的恋人婚后关系并不好，更不用说你的男友是有妇之夫。

夏小米一时有点思维短路。

夏小艾在一旁问：一对恋人该怎么判断以后该不该结婚呢？

欧阳涛说：婚前就发现这问题那问题，有这疑惑或那疑惑的，一旦结婚，很可能就是问题婚姻。

夏小艾又问：如何判断一对恋人未来有无可能成为

婚前就发现这问题那问题，有这疑惑或那疑惑的，一旦结婚，很可能就是问题婚姻。

善始善终的好婚姻呢？

欧阳涛说：有以下几个判断标准。

第一，彼此认识时第一感觉良好。

第一感觉很重要。第一感觉别别扭扭，长期磨合才热乎起来，很可能把第一感觉时感觉到的问题掩盖了。

第二，两人在恋爱过程中感情越处越好，而不是慢慢走下坡路。

夏小米和男友的恋爱时间并不长，已经出现诸多问题了。

婚前感情就走下坡路的，结了婚也未必是优良婚姻。

第三，在恋爱相处中，彼此对这种关系没有任何不安。

这个不安既包括不安全感这个含义，还包括其他不安。

欧阳涛问：夏小米，你想一下，如果男友勉强和你结了婚，这个婚姻你觉得可靠吗？

夏小米说：我是有疑惑的。

欧阳涛说：恋爱阶段就对未来婚姻有不安感的，后来成为问题婚姻的很多。

第四，是否渴望结婚是又一个重要的判断标准。

恋爱阶段，彼此都渴望结婚，这种婚姻未来会相对优良。如果在恋爱阶段一方就表现出某种犹疑或动摇，有可能成为问题婚姻。

第五，各种实际因素呈现良性。

结了婚，就要面临很多实际问题，除了我之前讲过的

恋爱阶段，彼此都渴望结婚，这种婚姻未来会相对优良。如果在恋爱阶段一方就表现出某种犹疑或动摇，有可能成为问题婚姻。

诸多方面，还应当包括彼此是否有共同的文化背景和生活习惯。很多实际问题如果在热恋阶段都有过考虑，都很良性，那么，未来的婚姻就很可能是良性婚姻。

如果恋爱阶段就出现这样或那样的麻烦，只回避地挥挥手说，先不管他，结了婚再说，这会成为日后的隐患。

第六，一个更具体的心理判断标准是，彼此对未来的婚姻生活是百分之百期盼呢，还是期盼中有某种畏惧？

通常来说，畏惧都会有一点，不要紧，是正常的。

如果对婚后生活有比较多的畏惧，又不敢正视它，也采取"结了婚再说"的方针，那以后肯定会成为问题婚姻。

欧阳涛停了一下，问：按这六条标准自己判断一下，你和男友的关系即使勉强形成婚姻，是好的婚姻呢，还是问题婚姻？

夏小米说：我的想法是，先考虑它能不能成。

欧阳涛说：如果是严重的问题婚姻，一种情况，这些问题使得你们起码有一方不敢结婚，譬如对方目前就并不情愿放弃现有的家庭；或者第二种情况，即使他离了婚和你结了婚，就是你以为的成功吗？一个男人在和你热恋时，对婚姻的允诺都如此怯懦犹豫，推三阻四，一般说明，他并没有真正想和你结婚。

夏小米显然受到了打击。

欧阳涛说：可能这有点伤你的自尊，然而，我还是要把话讲明。

如果他真想和你结婚，妻子的态度不应该成为太重要的理由。作为一个成年人，父母的反对尤其不应该成为

结了婚，就要面临很多实际问题。很多实际问题如果在热恋阶段都有过考虑，都很良性，那么，未来的婚姻就很可能是良性婚姻。

一个更具体的心理判断标准是，彼此对未来的婚姻生活是百分之百期盼呢，还是期盼中有某种畏惧？

一个男人在和你热恋时，对婚姻的允诺都如此怯懦犹豫，推三阻四，一般说明，他并没有真正想和你结婚。

放弃的理由。你大概从来没有正视过他的家庭,没有正视过他和妻子的实际关系。当他看来很热乎地开始了和你的这段婚外情后,你以为他对你的热情就是一切。

夏小艾这时对夏小米说:我早说过,你刚一提出结婚,他就说出这么多犹豫来,往下肯定没戏。

夏小米两眼茫然地问:莫非我真得放弃?

欧阳涛说:错误的选择必须放弃,而且以后要避免再犯错误,少犯错误。

夏小米说:少犯错误又有什么用,该得不到还是得不到。

欧阳涛说:少犯错误就可以减少损失,假如之前你不做这样的错误选择,起码少耽误一段时间,也少消耗了感情,少受伤害。

夏小米说:那又能怎样?

欧阳涛说:你就有了更多的时间和精力去选择那些可能属于你的机会。青春是有限的,如果接二连三地选择错误,你就把时间、精力、情感全浪费了,而那些可能属于你的机会不就错过了吗?

夏小米说:怎样才能少犯选择的错误呢?

欧阳涛说:像你这样的女性,在很多方面高智商,但在恋爱问题上却容易一厢情愿。这种错误说难改也很难改,很多人一辈子改不了。说好改也好改,只要看明白,给自己立一个规矩。

夏小米问:什么规矩?

欧阳涛问:你周围有没有女孩子和你的婚恋处境差

不多的？

夏小米说：有的是。

欧阳涛让她举个例子。

夏小米说，自己有个挺要好的女友最近和公司的老总好上了。老总各方面条件好吸引人是不用说的，但有一条，也是有老婆孩子的。女友一开始也没太多想法，但好着好着就一心想和老总结婚。在夏小米看来，根本就没有可能。

欧阳涛说：你为什么觉得不可能？

夏小米说：明摆着的，人家跟她玩一把而已，真和老婆离婚再和她结婚，那还差得远呢。

欧阳涛说：你看看，那个女孩为什么就不明白这一点呢？为什么你倒很容易看明白呢？你再认真想一想，自己不是和那个女孩在犯同样的错误吗？所谓旁观者清，轮到自己就很糊涂。凡是像你这样总在男人问题上犯一厢情愿错误的女孩，都有一个共同的思维特点，就是在感情上绝对主观。绝对主观就会一厢情愿。这和谈生意有一比，你在公司做营销这么久，一定知道谈生意时不能主观，彼此都有利益生意才谈得成。

所以，一定要改变感情上的主观主义。

夏小米说：怎么才能改变？

欧阳涛说：还是我刚才说的，给自己立一个规矩，凡事跳出自己的立场，从旁观者的角度打量一下你和对方的关系。

夏小米沉默了一会儿：欧阳老师，我现在真有点舍不

总在男人问题上犯一厢情愿错误的女孩，都有一个共同的思维特点，就是在感情上绝对主观。绝对主观就会一厢情愿。

一定要改变感情上的主观主义。

给自己立一个规矩，凡事跳出自己的立场，从旁观者的角度打量一下你和对方的关系。

得拿掉这个孩子,毕竟……

欧阳涛说:我刚才已经把这件事的全部利害都分析清楚了,怎样选择是你的事情。我要提醒你的是,处理任何事情都要理性,要有长远眼光。同时记住时时刻刻当好自己的旁观者,善于从旁观者的角度看待和分析事情。你是个聪明女孩,会做出正确的选择。

六　现实的选择

我们分析每一个人,都可以从他的不同人格中综合得到结果。

田静终于对欧阳涛讲出了自己踌躇许久作出的决定。

周末,田静陪欧阳涛一起去他的父母家接儿子。欧阳涛开车,田静坐在旁边,车在路上走了一阵儿,田静说:欧阳老师,我打算到张元龙的公司去上班。

欧阳涛说:这么快又要跳槽?

田静说:张元龙给我提供的工作平台很适合我。

欧阳涛说:那好呀,人往高处走嘛。

田静稍有些困难地解释:我去张元龙那里,也不仅是图他那里局面大。

欧阳涛说:大也可以成为选择的理由之一。

　　田静一时不知往下怎样说。她停了一会儿,声音低下来:我可能会嫁给张元龙。

　　欧阳涛转头很理解地看了田静一眼。

　　田静问:你意外吗?

　　欧阳涛说:早有感觉。那天你把张元龙带来谈话,我就想到了。

　　田静简单讲了她和张元龙认识交往的经过,而后又谈到曹爽。她说,曹爽一直在追求她,她也喜欢曹爽,可是……

　　欧阳涛没等她把话说完,就表示明白:在曹爽和张元龙之间二选一,并不是太困难的选择题。

　　田静垂下眼,添了一句解释:曹爽年轻,性格上也更投合。很多次我问自己,和曹爽一起会幸福吗?结论是否定的,我扛不起他的家庭。

　　欧阳老师,我这样选择,是不是太世俗?

　　欧阳涛说:你的选择很理性。

　　田静又迟疑了一会儿,说:我其实还面对着一个更困难的选择。欧阳老师,你真的不知道吗?

　　欧阳涛笑笑,很和蔼地说:我当然知道。

　　田静说:你知道什么?

　　欧阳涛说:我并不迟钝嘛。

　　田静说:这件事你要帮我把一下关,我是继续单恋着那个人呢,还是下决心嫁给张元龙?

　　欧阳涛说:如果我没有感觉错的话,你内心已经做了选择,你只是希望我帮你去点疑虑,去点踌躇。

田静沉默了一会儿,若有所失地说:你说的没错。可能我确实还有一点疑问,这样的选择对吗?它毕竟来得有点突然。

欧阳涛这时已经把车停靠到路边的一个偏僻处,说:天下的许多事情都是这样,你一直在选择干这件事或那件事,犹豫了很久,突然来了一件新的事情,用不了多久,你就有了决定。

田静说:这种决定常常是对的还是错的?

欧阳涛说:对的也有,错的也有。按我的经验,常常对的更多。

田静说:你希望我做出何种选择?

欧阳涛说:田静幸福快乐,这就是我的希望。

田静说:你愿意像对待别人一样全面分析我一下吗?

欧阳涛说:可以。其实,你对你的单恋、对曹爽、对张元龙三个人是三种模式,反映了你的三种人格。

你对待你的单恋对象,是小女孩爱恋大男人的人格。当然,小女孩人格不一定都表现为撒娇任性,有时候还可以表现为以小充大,很事儿妈呢。既仰慕一个大男人,又很想像小孩过家家玩洋娃娃一样去照管这个大男人。

你对曹爽的态度,是比较常态的女人态度,这是年龄相当的女人对待男人的态度,不乏贤淑善良。

你对张元龙的态度,可能用"爱"这个字眼不一定达意,总之是比较现实的田静了。

你仔细体会一下,对三个男人的不同态度中,人格是有差别的。

天下的许多事情都是这样,你一直在选择干这件事或那件事,犹豫了很久,突然来了一件新的事情,用不了多久,你就有了决定。

　　田静说:哪个人格是真正的我呢?

　　欧阳涛说：以上三种不同的女人角色中又有相同的东西,合在一起就是你的完整人格。我们分析每一个人,都可以从他的不同人格中综合得到结果。

　　田静说:这三种人格中,相同的东西是什么?

　　欧阳涛说:你是比较成熟的女孩,也很知性,能够善待男人。我想,张元龙除了看中你其他方面的素质之外,大概很看中这一点。

　　田静说:我选择张元龙,确实比其他选择更现实。这样现实好吗?

　　欧阳涛说:没有什么不好。只有理想没有现实,倒是一种缺陷呢。

只有理想没有现实,倒是一种缺陷呢。

　　田静又想了一会儿：我还有最后一个问题……你喜欢我吗?

　　欧阳涛说:当然。

　　田静说:那……

　　欧阳涛很宽厚地说:你现在的选择相当不错。

七　当男人面对背叛

　　当亲人之间有人觉得遭受冤屈时,往往会用自残的方式发出心声。

这天下班后，欧阳涛在办公室接待了一位回国度假的留学生。

小伙子叫康健，一脸的忧郁。

康健两年前拿下全额奖学金去美国留学，原想带新婚妻子一同走，怎奈妻子没办下签证，只好一人走了。就在不久前他即将回国探亲时得知，留守的小妻子因为寂寞发生了一夜情。经过很长时间的内心冲突，妻子向他坦白了这件事。妻子说，欺骗对他不公平。

那天，两个年轻人隔着大洋在网上痛苦地聊了整整一夜。

康健说，刚一听说真相，犹如五雷轰顶。如果他不爱妻子，当下了断，事情好办，但他还深爱着妻子。如果他能够包容妻子，事情也还好办，妻子已经忏悔了，他原谅了她，以后的生活还很长久。然而，现在的问题是，他既不能不爱妻子，又根本没办法接受眼前的事实。

康健说：知道这件事之后，我也曾像捞稻草一样，用各种理由说服自己安慰自己，特别是用了很多西方人的开明观点来劝解自己，还是没法消化这件事。我无论如何也接受不了妻子和别人发生性行为。现在我刚刚回国，住在父母家里，还没有和妻子见面。我不知道自己应该怎么办。

欧阳涛说：妻子对发生婚外情的对方很有感情吗？

康健摇了摇头：她说纯粹是因为寂寞。我去美国之前就一直忙着办出国，去了以后又忙于学业，除了周末打打电话在网上聊聊，没有特别关注过她的感受。她有种被遗弃感。她说她很后悔,觉得对不起我,事后和那个男人再没有联系过。

欧阳涛问:你觉得妻子还像过去一样爱你吗?

年轻人毫不迟疑地点头。

欧阳涛问:既然这样,她为什么没有选择隐瞒呢?

康健说:她说她想过隐瞒,还和一个很要好的女友倾诉了内心的冲突,女友也一直劝她别告诉我,但是,她觉得那样做对我不公平,所以还是坦白了。

欧阳涛说:你愿意听听我的分析吗?

康健说:我来,就是想求得欧阳老师的帮助。

欧阳涛说:我的第一个观点,你来这里诉说痛苦,希望求得安慰,但是这样的事别人很难安慰。正像你所说的,如果你不爱妻子,事情很好了断。现在是你既很爱妻子,又要消化这个很难接受的现实,就难免会痛苦。爱在很多时候需要付出代价。

康健听着,没有说话。

欧阳涛接着说:我的第二个观点,你的妻子发生了婚外情,没有选择隐瞒而是坦诚相告,这反映了她的婚恋道德观。

如果她隐瞒下来,你们会相安无事,她的婚姻不会受到威胁,但同时她要忍受道德不安的折磨。如果她坦白了,却可能面临婚姻解体的风险。想想看,对于远在美国的你,偶尔发生的一夜情并没有暴露的危险,而她因为对爱情的观念,道德良心的不安,最终选择了坦白,这很能说明她是个什么样的女孩。和这样一个女孩组成家庭,我想在未来的很长时间内，你会有足够的信任和安全感。

康健点头。

欧阳涛说：我的第三个观点，妻子在这件事上坦白，不仅表明她在爱情婚姻方面的道德底线，也说明了她做人的道德底线。她是诚实的，坦白的，甚至可以说是勇敢的。

康健又点点头。

欧阳涛说：我的第四个观点，她之所以发生一夜情，表面看来因为寂寞，然而我却认为，她不纯粹是因为寂寞。

康健稍有些惊讶：还会因为什么？

欧阳涛说：发生一夜情，她经过了痛苦的内心冲突，并且选择了坦白，这是一个完整的故事。

她为什么需要这样一个完整的故事？难道你没有意识到，你的讲述已经道出了其中的心理原因？你在出国前刚刚结婚，她因为没有签证，只能很难过地把你送上飞机。你到了美国又忙于自己的学业，整整两年对她的寂寞留守没有足够的关注，这使她有了被遗弃、被忽略的感觉。对于一个深深爱恋你的女孩来讲，这是一种深刻的折磨。她是在这种情况下发生的一夜情。一夜情几乎没有带给她任何柔情蜜意，却留下长久的内心冲突。

你知道这一系列行为中，她潜在的内心独白是什么吗？

康健有些不解。

欧阳涛说：做个不恰当的比喻，当亲人之间有人觉得遭受冤屈时,往往会用自残的方式发出心声:有的人可能大病一场;有的人可能鬼使神差出了事故,以此把冷落自己的亲人召唤到病床前;有的人甚至更极端,那就是跳楼、喝毒药一类。

全是因为抱怨对方忽略了自己,遗弃了自己。

你的妻子其实是做了一次心灵的自残,以期引起你的重新关注。

康健显然没有想过这种逻辑,怔怔地看着欧阳涛。

欧阳涛说:很明白的事情嘛。我们刚刚结婚,你就丢下我一个人跑到美国去,平常电话也打得很少,完全不管我的感受。我只好出一次轨,然后向你坦白。要还是不要这个婚姻,听凭你的处置。这是什么样的心声?妻子不仅用她的痛苦折磨自己,也折磨了你,使你痛苦。

正是这种折磨使得你重新关注了你们的婚姻,重新关注了妻子。

我从这个完整的故事中看出的是,妻子确实很爱你,而且爱得很不一般。

康健使劲点了点头:欧阳先生,我明白了。

欧阳涛说:我还没有说完。我对这件事的第五个观点是,婚姻要有爱情,但不仅仅是爱情。

换句话说,婚姻需要激情,但不仅仅是激情。

无论你和妻子是柔情蜜意也好,还是相互折磨也好,都是激情的表现。而长久的婚姻除了激情之外,还有可以用"相濡以沫"大体概括的种种其他,包括非常琐碎的柴米油盐之类。对于任何婚姻来讲,激情都是短暂的,亲情

婚姻需要激情,但不仅仅是激情。

长久的婚姻除了激情之外,还有可以用"相濡以沫"大体概括的种种其他,包括非常琐碎的柴米油盐之类。对于任何婚姻来讲,激情都是短暂的,亲情却可能是长久的。

却可能是长久的。我的意思是,对你们的婚姻,在经历了最初的激情之后,还要有既理想又很现实的长远经营准备。

康健说:我知道应该怎么办了。我这次回国度假,就是要和妻子谈清这件事。我现在就去找她。

欧阳涛说:最后一个观点,也是我要特别提醒你的,如果你真的很爱妻子,并且愿意长久保持你们的婚姻,建议这件事过去之后尽量少提少想。它现在是你的伤口,即使伤口长好了,也尽可能避免再去撕裂它。我看得出来,你在这方面有点敏感,有点脆弱。

康健不好意思地笑了:我现在想做的就是一心一意地爱她,对她好。

即使伤口长好了,也尽可能避免再去撕裂它。

八　失眠的夜晚

天下的爱情悲喜剧,大多关乎第三者。

又一次讲座结束之后,欧阳涛没有立即离开,而是让夏小艾陪他绕到了写字楼后面的那片绿地。欧阳涛发现,他已经习惯每次讲座之后的这种散步了。

在刚才的讲座中,欧阳涛特别讲到了康健的故事。

夏小艾说:你刚才分析康健的妻子实际上是搞了一次心灵自残,这个观点特别深刻。这种心灵自残是不是有意识的？

欧阳涛说：当然不是有意识的，是潜意识、无意识造成的。

夏小艾说：你还提到有些人遭遇亲人的忽略和遗弃，就用各种自残行为召回亲人，听你这么一说，我想到刚刚在电视上看到的一个故事，丈夫因为婚外情离了婚，前妻在离婚不久就出了交通事故，骨折躺在医院。得知消息后丈夫立刻跑到医院里日夜守护，又把自己名下的房产、存款之类拿出来给前妻治病。电视上那个女人躺在病床上，面对在一旁悉心呵护的前夫，一副很安详、很满足的样子。

欧阳涛说：这就是无意识的自残行为。

被遗弃的妻子很冤屈，内心有一种声音，我死给你看。

这种人特别容易发生事故。

表面看来纯属偶然，深入分析有心理原因。

夏小艾说：我统计了一下"婚姻诊所"讲座的咨询案例，发现涉及第三者的占了一多半，不是对方有了第三者，就是自己有了第三者。

欧阳涛说：有的自己又成了别人的第三者。

夏小艾说：真可以用一句笑话，都是第三者惹的祸。

欧阳涛说：天下的爱情悲喜剧，大多关乎第三者。

托尔斯泰笔下的安娜原本是受人尊重的贵夫人，渥伦斯基的出现，上演了一大篇悲剧故事。《红楼梦》里贾宝玉和林黛玉原本是情投意合，宝钗的到来引出哭哭闹闹的一大堆儿女情长。海的女儿爱上了王子，故事本来可能圆满结局,可王子偏偏娶了一位公主,海的女儿便成了多余的第三者,她只能化为泡沫,升入天堂。

这个世界的婚恋故事表面看来应该是两者之间的,第三者只是偶然插进来的因素,其实任何婚恋都难免第三者因素。

夏小艾说:什么意思?

欧阳涛说:即使没有行为上的第三者,也可能出现情感上的第三者。

一对男女走到一起,谁能保证终生只爱对方?这是第一。

第二,即使不是在情感上强烈纠缠的第三者,也有在一定程度上吸引你的第三者。这是人之常情吧。

夏小艾说:你在讲座中提到的那个年轻人,要我说,他的苦恼还不全是第三者惹的祸,是他自己招来的烦恼。非要死死抓住一个婚姻,保全的结果就难免苦恼。

欧阳涛说:为什么这么说?

夏小艾说:我觉得两人有感情,性爱也好,情爱也好,崇高的精神之爱也好,同居也好,互助也好,一搞成家庭这种制度化合法化,死拴在一起,难免矛盾百出。

欧阳涛说:又是你的一贯观点。

夏小艾说:每天这么多烦人的故事,不都在支持我的观点吗?

两个人边走边聊,话题不知不觉转到了田静身上。

夏小艾问:田静要结婚的事你已经知道了?

欧阳涛点头。

夏小艾犹豫了一下,说:田静一直很倾心于你,你为什么没有选择她?

欧阳涛还没张嘴,夏小艾又说:欧阳老师,你是婚恋问题专家,分析自己时请别躲闪。

欧阳涛说:我当然不会躲闪。田静看来很人文,也很有同情心,但骨子里太现实。

夏小艾说:你不是一直在讲婚姻是现实吗?

欧阳涛说:这是两回事。我说田静很现实,不单指她的婚恋选择,还包括她对生活方方面面的态度。

夏小艾想起什么,沉默了。

欧阳涛说:人类世界有很多双边关系,婚姻大概是最重要的一种双边关系。一个人一生可能要面对很多与别人合作的选择,而婚姻是一种最重要最复杂的合作选择。

根据中国古代《易经》的道理,婚姻要和谐,一定是阴阳相合。阴阳相合在婚姻上有很丰富的具体内容。只要阴阳不合,肯定是问题婚姻。说白了,就是有病的婚姻。

我之所以开办"婚姻诊所"讲座,就是想尝试诊治这种病。

两个人又走了一会儿,夏小艾说:欧阳老师,你平时给人的感觉有点刀枪不入,什么也伤不到你似的。你真的是刀枪不入吗?

欧阳涛说:我最深刻的认识之一,每个人都是圣人,又是俗人。最普通的人都有圣人的一面,譬如一个练摊的小贩,如果做买卖公平诚实,就是圣人品格。又比如,一个

人类世界有很多双边关系,婚姻大概是最重要的一种双边关系。一个人一生可能要面对很多与别人合作的选择,而婚姻是一种最重要最复杂的合作选择。

婚姻要和谐,一定是阴阳相合。只要阴阳不合,肯定是问题婚姻。

年轻人做事目标单纯,始终如一,就是圣人品格。另一方面,像孔子这样的圣人也有俗人的一面,他晚年研究《易经》,知道自己一辈子的宏图抱负难得实现是命运安排,也会潜然落泪,难过不已。

夏小艾问:你也有潜然落泪的时候吗?

欧阳涛好一阵不再说话,似乎有什么东西触动了他,然后一笑:你真是个傻孩子,怎么总喜欢问这些奇怪的问题呢?

这一晚,欧阳涛失眠了。他躺在床上,看着透过纱帘的月光,突然感到一点寂寞。

他起身打开电脑收信。他期待着一封温暖的来信。

睡前,他已不止一次收信。然而,始终没有那封来信。

他看着电脑屏幕,点开"写邮件"。想了又想,决定还是不写。

然而,他已经明白自己为什么会失眠。

陆　　　　婚姻诊所

一　短线爱情

年轻貌美虽然不是昙花一现，但也不可能坚持终生。你二十六七岁时年轻貌美，对方看上你，结婚了，你再会保养，比起一生的岁月，它终究属于短线因素。这时候想让婚姻不仅在形式上保住，而且在内容上保住，只有一个办法，就是打造你的长线项目。

"婚姻诊所"从春天讲到了夏天，按照计划，讲座将在暑期告一段落。

今天的主题是"短线的爱情与长线的婚姻"。

为配合讲座，夏小艾特意请来心理学家苏克勤做特邀嘉宾。又从留言中选择了两个不同年龄段的网友，一位是外省女孩伊萌萌，一位是有夫有女的中年女性张华英。

夏小艾先请伊萌萌讲讲她的故事。

伊萌萌表情有点羞涩，上来就说：去年是我的本命年。本命年刚过,就开始考虑婚姻这个以前从来没有仔细考虑过的问题,感觉很迷茫。

这句话把大家都逗笑了。欧阳涛微笑着向伊萌萌示意:不必紧张,慢慢讲。

伊萌萌稳了稳神,说:我是在大三时认识健的。健就读于一所名校,戴着眼镜,个子不高,很有学问的样子。我很崇拜他的学校,不久就开始交往了。因为面临毕业,未来的工作和生活都不知方向,和健在一起,我觉得自己对未来一点都不害怕。大四时,健研究生毕业,在一家大型企业做工程师。因为他的赞助,我不仅修完了大学课程,还选修了商务英语。毕业后我去了健的城市。生活上,健对我无微不至,我们很快同居了,只是没有告诉家里。不久健的公司招聘,他推荐了我。我们一起研究简历,准备面试,我顺利进入了他所在的公司。健很开心,以为找到好的工作,我肯定也会很开心。

可谁会想到,我们的感情却开始出现问题。

自从进入社会后,接触面广了,我总觉得健在外貌上不是很配得上我,尤其我们上街的时候碰见熟人,我总不愿意介绍他是我的男朋友。但健一直都很包容,希望能够哄我开心。我却在这个时候开始幻想言情小说中的那种爱情。

一年后健买了房子,自己本该高兴的,可是我有些恐惧这种生活。

我搬出了健的房子,到外面和女同事合租。

我就是在这时候认识鹏的。

鹏相貌英俊，在球场上很帅。和他在一起，我能感觉得到自己的心跳。我们一起骑车踏青，一起在江边散步。他很高大，看他打球的样子，走路时依偎着他，觉得很幸福。

可是我们常常吵架，他没有健那么宠我，脾气也很急。他知道健的事情后非常生气，使劲地掐我。

年底回家，家里开始关心我的感情问题。我说了两人的情况：健的工作非常有潜力，也得到公司的认可，年终得到了很多奖项和奖金，且在大城市有房有车。而鹏进公司较晚，工作比较懒散，到现在什么都没有。若和鹏在一起，以后存钱买房，生活会很累。若和健在一起，我会很轻松，能做一些自己想做的事情。

情人节那天，鹏独自回家了，健知道后约我一起吃饭。吃完饭我们去了电玩城。我曾和鹏一起去电玩城玩过，鹏那天连说我太差劲，教了我一次后，便自己玩得不亦乐乎。而健却整晚教我，看着我玩，仿佛是一种幸福。我很感动。

这件事的对比似乎让我下了最后决心。

我尝试着给鹏发短信分手，鹏非常痛苦。当我看到他的脸的那一刻，我就明白自己又下不了决心。

可是，深夜我却睁着眼无法入眠，我真的害怕以后和鹏在一起什么都没有的生活。

我自问，究竟能把握自己的幸福吗？

我不愿和健在一起，是不是仅仅因为他的外貌，难道我也只是一个庸俗的人？

我喜欢鹏,是不是只是爱上了他高大阳光的外表?

我真的好迷茫,既放不下鹏,又舍不得健。

伊萌萌的故事讲完了,她说:欧阳老师,能给我一点建议吗?

欧阳涛笑了笑:我已经多次讲过,婚姻是一种选择。既然是选择,就一定要有所取舍。

现在,如果欧阳老师让你换一个角度,你刚才讲的一切都发生在朋友身上,你站在客观角度为"她"出主意,你会怎样想呢?

伊萌萌想了一会儿,说:如果是朋友的话……可是并没有如果呀,我还是不知道自己该怎么办。

欧阳涛说:这就引出了我们今天要讲的话题。

在爱情与婚姻中,有长线爱情和长线婚姻,也有短线爱情和短线婚姻。且不谈你和健的关系,在我看来,你和鹏的关系至少算得上短线爱情,如果结了婚,也是短线婚姻。

伊萌萌不解:什么叫短线婚姻?

欧阳涛说:短线婚姻是指一方爱上对方并与之结婚,依据的是一些短期因素。

譬如你刚才说了,之所以喜欢鹏,一是对方高大英俊,二是他在球场上很帅。撇开长得帅不说,单说打球,那不过是一种业余爱好。婚姻面对的是挣钱养家,还有人生事业的方方面面。这些方面不行,球场上的帅在婚恋中只有短期意义。

我们常看到一些人在舞场相识相恋,在音乐中翩翩起舞,很容易擦出火花,但由此结成的婚姻往往会成为短线婚姻。有这样一个故事,一位欧洲小伙子来中国旅游,爱上了做导游的中国女孩。在人生地不熟的中国,女孩的文化优势对欧洲小伙子显示出很大魅力,两人很快相爱并且结了婚。然而一旦小伙子将女孩带回欧洲,在异邦文化中女孩的文化背景没有任何优势可言,离婚成为必然的结局。

我还参加过一些文化团体组织的休闲活动,一群人远离人间烟火非常浪漫。但游山玩水的激情一旦面对日常生活会很快消失。这种环境产生的爱慕也具有短线性质。

还有就是男人爱上年轻貌美的女孩。年轻貌美虽然比跳跳舞、旅旅游的一见倾心要长线,但再年轻貌美也终归会过去,以此为依据的婚姻不可能是长线婚姻。

你刚才讲了,鹏是个高大英俊的男孩,和他一起踏青散步感觉很好,但这毕竟不是生活,一旦你面对生活,他的不求上进、性格不好都会成为你的困扰。

总之,婚姻中有一方喜欢对方的主要项目如果是短线的,这个婚姻就叫短线婚姻。

伊萌萌说:照这样说,一见钟情的浪漫与激情,就不能成为婚姻的充分理由吗?

欧阳涛说:它们可以成为婚姻的部分理由,但不能成为婚姻的充分理由。

一时的激情,一时的情投意合,一时的魅力,或者不算一时但也不可维持太久的年轻美貌,都可以成为结婚一时的激情，一时的情投意合，一时的魅力，或者不算一时但也不可维持太久的年轻美貌，都可以成为结婚的理由，但同时一定要有长线因素做保证。只有方方面面的长线项目都不错，爱情和婚姻才有可持续发展的可能性。

的理由，但同时一定要有长线因素做保证。喜欢对方年轻英俊，喜欢对方会踢球，这是相对的短线因素。只有方方面面的长线项目都不错，爱情和婚姻才有可持续发展的可能性。

伊萌萌问：选择婚姻，具体怎样考虑长短线结合呢？

欧阳涛说：要避免三个常见的具体问题。

一、要充分顾及双方的性格与习惯是否相合。

性格的含义一般人都会理解。习惯包括生活习惯、文化习惯、待人接物等等。

这些长线因素会与人相伴一生。如果性格习惯不合，就要慎重考虑。比如你讲到鹏的脾气不好，嫉妒心强，喜欢吵架，这种因素很难在短时间改变。此外，有时仅仅因为文化背景的差异，都会导致相爱的人在度过激情阶段后走向决裂。

二、任何一方严重依赖父母或父母过分干预子女的婚姻，往往也会出现长久的摩擦。这也是长线因素。有些人终生难以摆脱对父母的依赖，自然也无法抗拒父母的过分干预。

如果对此没有足够的思想准备和消化能力，婚姻会很困难。

三、一方属于婚外恋高危人群，俗话说很花心，另一方又不宽容原谅，这种婚姻常常难以长久，因为这种不和谐因素无法克服。

夏小艾这时插话：能不能这样理解，如果想找成功的男士，看到他有可能花心，就先掂量一下自己是否属于比较宽容的女人。如果不是,一旦他有了婚外情,自己又咽不下这口气,趁早别和这样的人结婚。

欧阳涛笑了:也算一种通俗的解释吧。

夏小艾又说:现在社会上相当普遍的一个问题是,女人青春短,男人事业长。今天女人年轻,相貌也不错,找了一个优秀男人,过一些年,女人养孩子打理家,青春逐渐消失,男人的事业却可能越来越发达,这时候肯定会产生不平衡。很多婚姻问题都是由这不平衡来的。这种情况应该怎么解决?

欧阳涛说:年轻貌美虽然不是昙花一现,但也不可能坚持终生。你二十六七岁时年轻美貌,对方看上你,结婚了,你再会保养,比起一生的岁月,它终究属于短线因素。这时候想让婚姻不仅在形式上保住,而且在内容上保住,只有一个办法,就是必须打造你的长线项目。

伊萌萌说:我明白了,在爱情和婚姻中,既有短线项目,也有长线项目。最好的情况当然是长短线都很圆满。退一步说,如果必须在短线项目和长线项目中做出取舍,那么,宁肯放弃短线项目。

欧阳涛点点头:我们之所以说爱情与婚姻是一种选择,就因为人们常常会面对一种两难的处境,所谓鱼与熊掌不可兼得。选择就意味着放弃,是利与弊、得与失的取舍。

有百利而无一害或全得而毫无所失的选择基本是不存在的。

我在"婚姻诊所"的讲座中常常讲这样一句话,爱情

女人青春短,男人事业长。女人青春逐渐消失,男人的事业却可能越来越发达,这时候肯定会产生不平衡。很多婚姻问题都是由这不平衡来的。

在爱情和婚姻中,既有短线项目,也有长线项目。最好的情况当然是长短线都很圆满。退一步说,如果必须在短线项目和长线项目中做出取舍,那么,宁肯放弃短线项目。

是理想,婚姻是现实。当现实迫使一个人不得不做出选择时,这种选择往往会留下某种遗憾。我有这样一句格言,只有那些留有遗憾的选择才可能是理性的选择,因而也是实现人生最大利益的正确选择。遗憾也许会给未来的人生带来种种酸甜苦辣的回味,那是他独享的一份财富。

二　长线婚姻

一个好的婚姻,有五个长线项目是必须培育的。

见这个话题讨论得差不多了,夏小艾总结道:欧阳涛老师通过与伊萌萌的对话,讲了短线爱情和短线婚姻,那么,与之相应的,自然是长线爱情和长线婚姻。

在对这个问题进行讲解之前,我先向大家介绍一下张华英女士。她今年三十六岁,丈夫有非常体面的工作。在外人看来,她有一个十分美满的家庭,可最近发生了一件意想不到的事。

现在我们就听张华英女士讲讲她的故事吧。

以下是张华英的故事:

我和丈夫是十几年前相恋结婚的,婚后一年女儿出生,女儿的到来为我们的生活增添了许多乐趣。我一门心思扑在女儿身上,除了上班,哺育女儿和家

务事几乎不让丈夫插手,全力支持他的工作。

功夫不负有心人,女儿钢琴弹得非常好,不到九岁就拿到了十级证书,而丈夫的事业也不错,由中学的普通教员升为教导主任,又凭出色表现调到高校教书。

到了高校,他多年来考研的愿望复燃了。

为了支持他,我和孩子吃喝都搬到了娘家,晚上才回去睡觉。他凭着较好的功底和自己的努力,几年前以第一名的成绩考取了重点大学的研究生,学费全免。这对于并不富裕的我们来说,真是天大的喜讯。当时那种喜悦之情,现在回想起来就像发生在昨天。他去读研我在家,除了工作,培养女儿几乎占去了我所有时间,女儿也很争气,学习一直名列前茅。

丈夫研究生毕业后,又考取了博士,只有寒暑假才能回家。我虽然一人带孩子很辛苦,但一想到有聪明可爱的女儿,前途远大的丈夫,我就觉得自己是幸福的女人。

他的努力没有白费,终于盼到博士毕业,并且在北京找到了理想的工作。

正当我准备带着女儿到北京与他团聚时,却发现他早已有了情人。

这真是晴天霹雳。他告诉我,他在两年前认识那个女孩。她在一家外企上班,本科毕业,比我年轻得多。

我怎么也不能相信这件事发生在我身上。十几年来,我倾尽了我的所有。好不容易盼到今天,却发生这样的事。

更让人难以想通的是,他竟提出了离婚。

张华英讲到难过处,一时有些哽咽。

欧阳涛等她慢慢平静下来以后,说:我们今天特意邀请了心理学专家苏克勤老师, 她在研究婚姻的可持续发展方面颇有心得。你的问题,我想先请苏克勤老师回答。

苏克勤笑了笑,对张华英说:这些年,你为婚姻可以说倾注了全部努力,但你现在的问题恰恰是努力中缺少对长线项目的打造。

张华英问:什么是婚姻中的长线项目?

苏克勤说:一个好的婚姻,以下几个长线项目是必须培育的。

一、共同的事业。

共同的事业并不一定单纯指双方在一个公司里打拼,也包括帮助丈夫理家,打理他工作之外包括家庭亲友的种种事务,使丈夫在事业和生活中都离不开你的帮助。

二、相互的理解。

要成为丈夫的第一谈话对象, 无论是他对事业人生的梦想,还是对家庭生活的具体规划,飞黄腾达要吹牛,跌入低谷要发泄,第一个想倾诉的对象就应该是你。精神上的相互需求一旦形成,将是伴随终生的长线。

我常常对找我咨询的朋友说, 妻子若成了丈夫的第一谈话对象,仅这一条就足以使家庭可持续发展。年轻美

一个好的婚姻, 以下几个长线项目是必须培育的。
共同的事业。

相互的理解。

貌的第三者有可能一时诱惑你的丈夫，但难以根本动摇家庭的根基。

三、共同的子女。

子女使家庭更稳定更长久，这个道理不说大家也能理解。

四、共同的家庭认可,这里指双方父母及兄弟姐妹的认可。

和谐的夫妻也常常表现在对双方父母的周到照顾。

双方父母对婚姻的认可满意也是重要的维系因素。很多婚姻解体，有一个原因是双方或者一方父母对婚姻不满。长辈的反对或不满是婚姻的破坏因素之一。反之，父母对婚姻的认可也是重要的稳定因素。有些男人不敢轻易离婚是因为子女,有些则因为父母。

五、共同的社会认可。

成功的婚姻不仅可得到父母亲人的认可，还会在朋友同事以及更大范围内得到认可。周围全是肯定的声音，都认为你的婚姻美满幸福,婚姻的大背景稳定。反之,总有人在耳边说这说那,对婚姻一大堆负面评价,婚姻从背景上就失去了稳定性。

欧阳涛这时接过话来:当然，还有其他长线项目要打造。苏克勤老师讲的这五点是最主要的。相对而言,青春如果没有上述长线项目匹配,青春消失了,婚姻还会出现问题。

张华英说:人莫非会这么冷酷吗?我把青春年华都献给了家庭,青春一过就不值钱了?

共同的子女。

共同的家庭认可，这里指双方父母及兄弟姐妹的认可。

共同的社会认可。

欧阳涛说：苏克勤老师已经讲得很清楚了，短线还需要长线的匹配。如果除了青春你没有其他长处让对方爱恋，青春消逝，爱也会消失。不仅爱会消失，婚姻内含的各种实际需要也会消失。

张华英说：可是也许男方的实际需要消失了，但女方正需要这个婚姻呢。

欧阳涛说：家庭的基础是双方都需要。当一方不需要时，婚姻就难以成立了。

这是一种规律。

张华英说：这样对女人太不公平了。

欧阳涛说：在道义上可以这样谴责那些负心的男人；而在实际上，我们却应该更早地告诉女性，不能只凭短线项目期望终生的婚姻与幸福，还要打造长线项目来争取家庭的可持续发展。

刚才苏克勤老师讲了婚姻可持续发展的五个长线项目，你对家庭的奉献、对子女的培养、对丈夫的照顾等这些长线项目都无可挑剔。但你恰恰忽略了与对方精神上的沟通。他多年求学在外，你对于他的学业和精神需求缺乏了解，以为一味的苦累会感动对方，但很多时候单纯的苦累并不能长久维系夫妻关系的稳定和幸福。刚才苏克勤老师讲到，妻子若成了丈夫的第一谈话对象，仅这一条就足以使家庭可持续发展。

张华英问：我现在应该怎么办？

欧阳涛说：从你刚才讲的情况判断，你们的婚姻还存在一定的基础，并没有到非放弃不可的地步。但同时也要看到,感情的疏离不是一朝一夕,裂痕的弥合也要有一个过程。一味的抱怨没有任何作用,彼此间的沟通才是重要的。欧阳老师告诉你,在这种情况下,宽容与耐心不仅是一种心态,而且是一种智慧。

三　爱情赌博

在现代生存条件下,不同的婚姻具有不同的品质。

感情在婚姻中所占比重越大,婚姻的品质越高。反之,感情的因素越小,利益的比重越大,婚姻的品质越低。

几天后,欧阳涛接到苏克勤的电话,说有事要商量,希望他讲座结束后一起谈谈。

两人约在网站的休息室见面。坐下后苏克勤先从档案袋里掏出一张纸,递给欧阳涛。

欧阳涛一看,是首打油诗。

男人这辈子挺难的。

找个漂亮女人吧,太操心;

找个不漂亮的吧,又不甘心。

光顾事业了,人家说你没责任感;

光顾家庭了,人家又说你没本事。

专一点吧,人家说你不成熟;

花心点吧，人家说你是禽兽。

有钱，怕你包二奶；

没钱，骂你窝囊废。

长帅点吧，太抢手；

不帅吧，拿不出手。

活泼点吧，说你太油；

不出声吧，说你太闷。

穿西装吧，说你太板；

穿随便点，说你太土。

男人这辈子挺难的。

欧阳涛一笑，说：网络上这种东西挺流行，你不会是为这点事找我吧？

苏克勤说：当然还有别的事。不过这个事也得跟你说说。你知道这首诗是我从哪儿下载的？

欧阳涛说：怎么？

苏克勤说：我昨天偶尔上曹爽的博客看了看，上面有这首诗，一看就是发牢骚。曹爽喜欢田静谁都知道，现在田静找了张元龙，他心里一定不好受。

欧阳涛说：这就是我们一直讲的婚姻的现实性，具体到个人，有时候很残酷。这件事田静找我聊过，她也承认自己喜欢曹爽，但反复思考的结果是，她扛不起曹爽的家。我理解她的选择。

苏克勤点点头：就因为太明白了，曹爽才更受伤害。不然这两个年轻人还真是挺般配的一对。

欧阳涛说:我也注意到曹爽最近有点蔫,不像前一阵儿活跃。

苏克勤说:是不是找时间跟曹爽聊聊,开导开导他。

欧阳涛说:我看算了。曹爽是挺成熟的年轻人。再说这也不是开导的事,说白了是一种命运,只能自己慢慢消化。我相信曹爽,他能过得去。

两人议论完曹爽,这才说起正题。

苏克勤说:前一阵儿二十多岁的 W 女孩嫁给八十多岁的著名科学家 Y 学者的事被媒体炒得沸沸扬扬,当事人的高调又像火上烹油,使本来纯属隐私的婚姻成为公众事件。女性频道做了专题,让网友讨论。

苏克勤说着又从档案袋中取出一页纸,是她在女性频道"在线答疑"时看到的一则留言:

我也是一个年轻女孩,生在这个充满诱惑的年代里。

现在社会上对 W 女孩嫁给 Y 学者有许多负面评价,但我想说,用青春交换利益,有什么可耻吗?有什么不对吗?

青春本来就是用来奋斗的。W 女孩自身的文化说明她对自身的进步也是非常努力地奋斗的。

这些外在的金钱名利本来就要争取,用青春来获取有什么不好吗?不然也要自己出去拼搏,肮脏的事情肯定也要做几件,而且十分辛劳。她用青春换得名利有什么不对? 她又没有伤害别人。

老年人怎么了，老年人就不能爱吗？

婚姻本来就是廉价的嫖娼制度，只不过有些人过于赤裸。其实大家都一样赤裸，不过有些事情在媒体的注视下被放大了。

我看他们的婚姻没什么不一样的。

用青春换取利益为什么就可耻？应该换取什么，换取知识吗？我想 W 女孩还是相当注重自身的进步呢。

作为一个疑惑中的年轻人，我甚至不知道什么为可耻，什么为不可耻。

怎么了啊？困惑中。

苏克勤说：你看看现在的女孩，居然说婚姻本来就是廉价的嫖娼制度，够可怕的。

欧阳涛说：是啊，她甚至不知道什么为可耻，什么为不可耻。

苏克勤说：正好有一个大学邀请我参加学生组织的辩论会，就辩论 W 女孩嫁给 Y 学者这件事。对这个话题我把握不大，想了想，还得请你出来坐镇。要不干脆把"婚姻诊所"搬到大学校园，形式新，影响也更大。你若同意，我这就找曹爽商量，让他安排一下。

辩论会在校园的一处草坪上展开，绿草地上坐了百十来个大学生。

夏小艾和一个大学生担任辩论会的主持人。

辩论的题目是:如何看待 W 女孩嫁给 Y 学者?

一方为红方。

可能玫瑰红代表爱情。红方从捍卫爱情出发,旗帜鲜明地提出,婚姻的前提就是爱情,婚姻讲究爱情的纯粹性。任何非爱情因素的介入都是对婚姻的亵渎。红方由此得出结论:W 女孩嫁给 Y 学者是出于功利考虑,这个婚姻应该遭到彻头彻尾的唾弃。

另一方是黄方。

可能黄色代表欲望,代表对成功的追求。黄方认为,婚姻是一种人生的策划,应以成功为目的。W 女孩的婚姻对她的人生而言是成功的策划,她由此获得了名利。更由于双方年龄的巨大差距,W 女孩在若干年后必然会成为自由人。而那时她累积的资源会远比一般年轻人靠打拼获得的原始积累来得快捷和丰富。

至于爱情不爱情的,在成功的婚姻策划中不必过多考虑。

如此辩论一番之后,又冒出了第三方,自称为白方。

白方的观点很简单,婚姻纯属个人自由,别人无权评头论足。W 女孩愿意嫁谁是她个人的选择,社会无权干涉。

欧阳涛一直微笑着听,三方观点争论激烈,谁也说服不了谁。

最后,同学们请欧阳涛发表意见。

欧阳涛说:关于二十多岁的 W 女孩与八十多岁的 Y 学者的婚姻,之前许多人问过我,我一直回避。Y 学者是一位取得过重大科学成就的人，他在专业领域的成功受到了华人世界乃至更广大范围的尊重。我同样也是尊重的。且他现已年过八旬，在安详的氛围中度过晚年，符合生命之道。然而，作为一种婚恋现象，他与 W 女孩的婚姻不仅引起世人关注，也引发了各种议论，最终使得这场婚恋成为一个公众事件。

在这种情况下，完全的回避也不恰当。

刚才听了同学们的辩论发言，我对红黄白三方的观点都持反对态度。

大学生们先是一愣，就有人哄笑着说：那欧阳老师是第四方了。

欧阳涛说：我不是第四方。我是在反对红黄白三方的基础上，提出一种与同学们并不平行的观点。

首先，我并不同意白方的观点——认为 W 女孩嫁给 Y 学者的这场婚姻纯属个人私事，社会无权评论。

我以为，Y 学者不是普通百姓，而是知名度相当高的公众人物。当然，公众人物的婚姻也属个人隐私，应当得到尊重。然而，是 W 女孩和 Y 学者自己使这场婚姻曝光于媒体聚光灯下。又由于两人年龄差距如此之大，引来普遍关注。既然已经成为社会话题，对这个事件的社会学评判恰恰不应该缺席。

因此，白方认为这场婚姻纯属个人自由、旁人无权评价的观点并不可取。

接下来，我也反对红方的观点。

红方认为，婚姻就要讲究"爱情的纯粹性"。

这是一个非常天真的认识。

婚姻与爱情相关，但婚姻又不等同于爱情。爱情可以讲究纯粹性，而婚姻在社会现阶段不可能只讲究纯粹性。

红方的一位女生问：婚姻为什么不能讲究爱情的纯粹性？

欧阳涛说：婚姻在现阶段是由两方面构成的，一方面自然是爱情；另一方面，婚姻在爱情之外还有许多实际利益考虑。

这些实际利益我曾在"婚姻诊所"中很详细地讲过。

试问，哪个成功的婚姻能回避这些实际利益的考虑？年轻人开始恋爱的时候，纯粹的爱情常常起主导作用，一旦面对婚姻，不要说父母长辈多方提醒，自己就会考虑到种种实际因素。

所以，纯粹讲爱情的婚姻在现在是不存在的。

那种认为婚姻要讲究爱情的纯粹性的观点，很容易被驳倒。

成功的婚姻必然包含感情和实际利益两个方面。

这时，黄方中有年轻人拍手道：那你实际上支持我们的观点。

欧阳涛说：黄方认为婚姻只是达到人生成功目的的一种策划。我今天恰恰最主要的是反对黄方的观点。

我刚才说了，婚姻不能纯粹讲爱情，还要考虑诸多实际利益。然而，这同时已经包含着另一层意思，即婚姻必须有爱情。不纯粹讲爱情并不等于不需要爱情。婚姻在现阶段除了爱情还承载着很多实际利益，这是无法超越的

婚姻与爱情相关，但婚姻又不等同于爱情。

婚姻在现阶段是由两方面构成的，一方面自然是爱情；另一方面，婚姻在爱情之外还有许多实际利益考虑。

纯粹讲爱情的婚姻在现在是不存在的。

婚姻不能纯粹讲爱情，还要考虑诸多实际利益。不纯粹讲爱情并不等于不需要爱情。婚姻在现阶段除了爱情还承载着很多实际利益，这是无法超越的现实。但随着社会进步，婚姻可能会越来越看重感情而少考虑实际利益。

感情在婚姻中所占比重越大，婚姻的品质越高。反之，感情的因素越小，利益的比重越大，婚姻的品质越低。

现实。但随着社会进步，譬如社会福利增加，保险覆盖全民，男女更加平等，也就是人们生存有了更多保障后，婚姻可能会越来越看重感情而少考虑实际利益。

那时的婚姻品质会比现在高。

这样，我们就提出了一个"婚姻品质"的概念。

在现代生存条件下，不同的婚姻具有不同的品质。

感情在婚姻中所占比重越大，婚姻的品质越高。

反之，感情的因素越小，利益的比重越大，婚姻的品质越低。

当我们看到一个健康美丽的年轻女孩嫁给一个年迈的、已行动不便的亿万富翁时，我们不得不说，这种婚姻的品质是低的而不是高的。换句话说，为了人生的某种功利而牺牲爱情，这样的婚姻是不足道的。

有年轻人问：W女孩嫁给Y学者和嫁给亿万富翁毕竟不是一回事。

欧阳涛说：从一般的价值判断出发，是亿万富翁更伟大呢，还是科学家更了不起？相信不同人有不同的观点。作为具有人文情怀的精英判断，肯定会说科学家更了不起。然而就婚姻而言，嫁给一个八十多岁的科学家和嫁给一个八十多岁的亿万富翁，本质上没有区别。她同样超越了婚姻通常能够接受的年龄差别，是在绝对意义上看中了对方的成就。

仰慕科学家的成就和仰慕亿万富翁的财产一样，本身不是爱情。

爱情是什么？不必查阅百科全书，人们一想都该知道，这是一种实实在在的感情形式。面对一个伟人的铜像，一个人再仰慕这座铜像，这种感情也不是爱情。

这时有人插话：W 女孩对 Y 学者也许会有一点点接近爱情的感情呢。

欧阳涛说：天下什么事情都有可能。一个女孩从小恋父情结严重，她有可能爱上一个成熟的男人，倘若这种感情极端化，就有可能爱上一个像祖父一样年迈的老人。

然而，按照可以想象的情感规律，W 女孩这次婚嫁，真正可以称得上爱情的那种感情肯定是微乎其微的。在这微乎其微的爱情之外，势必是种种实际利益的考虑。

因此，这种婚姻应该算是品质不高的婚姻。

这时，黄方同学开始和欧阳涛辩论。

一位女生说：我们不是仅从婚姻的角度评论 W 女孩嫁给 Y 学者，我们是从整个人生策划的角度来评价的。男女双方的年龄差距这么大，意味着 W 女孩一生的感情生活不会结束在这次婚姻上。婚姻是手段，而不是人生的终极目标。一生的成功幸福才是目标。

作为人生一个阶段的自我设计，我们认为 W 女孩是大胆的又是成功的。

欧阳涛说：对于 W 这样的女孩来讲，婚姻确实只是人生的一部分，而不是全部。

作为对成功人生的追求，W 女孩这次婚嫁可以说是一个大胆的自我策划，还可以说是一种人生的风险投资。她有出奇的想象力，表明 W 是一个聪明果断的女孩，她做出了一般女孩很难做出的抉择。为了人生的成功不顾一切,包括牺牲年轻女孩通常会迷恋和追求的爱情。这里有令人赞叹的地方。

然而,正因为她选择了这种牺牲爱情的婚姻,我们在赞叹的同时,就免不了悲悯和另外一些不该缺失的社会性评判。

也许 W 女孩确实做了一个很成功的人生策划。

然而,这种策划是以牺牲爱情为代价,成就的是一个品质不高的婚姻。

这位女生接话道:社会上还有比这品质低得多的婚姻呢。

欧阳涛点头:W 女孩嫁给 Y 学者,或许还有一点点接近爱情的感情。社会上还有连这一点微乎其微的爱情都没有的婚姻,"零感情",百分之百考虑实际利益,那是更低品质的婚姻。

不要说零感情,可能还有"负感情"。

一个女人嫁出去的时候不但完全没有爱情,甚至对对方还有生理和心理的厌恶,然而为了金钱和其他种种利益,强克制住内心的厌恶嫁给对方,这就是品质更低的婚姻了。

恩格斯有一句话,没有爱情的婚姻是不道德的。

这样的评判似乎就更重了。

那么,为什么会有 W 女孩这样的婚姻出现呢?

刚才同学们的辩论已经说明,在追求人生成功的过程中,婚姻很可能成为一个阶梯。

之所以有这样低品质的婚姻,甚至还有更低品质的

恩格斯有一句话,没有爱情的婚姻是不道德的。

婚姻出现,也是值得分析的。仅从心理学意义上讲,是因为目前的中国充满着脱贫致富的焦虑和追求成功的焦虑。这种焦虑一方面成为人们改变现状的动力,创造着无穷无尽的奇迹;另一方面也常常造成心理的扭曲,制造出种种畸形的事物。

有同学问:那么,你认为 W 女孩这次婚嫁主要是因为追求成功的焦虑?

欧阳涛说:大概没错。

目前的中国充满着脱贫致富的焦虑和追求成功的焦虑。这种焦虑一方面成为人们改变现状的动力,创造着无穷无尽的奇迹;另一方面也常常造成心理的扭曲,制造出种种畸形的事物。

四　恐婚的女孩

人生的真正结果与其说要靠争取,不如说更要靠等待。

和大学生的讨论结束了,技术人员将现场的视频设备装车先走了。

欧阳涛还想在校园里走走,夏小艾留下来陪他。

校园里花草茂盛,一派青春的气息。

两个人在林荫路上走了一阵儿,夏小艾说:欧阳老师,这几个月主持你的讲座,也听了你对不少人的咨询,但是,我还没有就自己的婚恋问题郑重其事地咨询过。其实我是有很多问题的。

欧阳涛点点头。

夏小艾说:我的情况你是知道的。

第一，我的婚恋观念受到一家三代人婚恋悲剧的影响。由于这样的背景，我可能患有恐婚症。

欧阳涛轻轻地点头。

夏小艾接着说：第二，也因为这个，我一直关心女人的婚恋问题。

我愈是深入研究女人的婚恋问题，愈是对婚姻失望。我的观点是，爱情人人需要，无论是以性爱为主的爱情，还是精神因素更多的爱情。然而，婚姻又是很多女人的痛苦之源。除了人类繁衍的社会需要以及一些俗不可耐的原因之外，我看不出婚姻的好处。

欧阳涛又点点头。

夏小艾说：第三，我不知道心理医生和精神病医生每天面对心理、精神病患会有什么感觉？我想，如果没有职业的兴趣，没有救死扶伤的操守，一定会极其厌烦。这段时间，由于主持"婚姻诊所"，又在留言中看到这么多要死要活、颠来倒去的婚恋烦恼，婚姻在我眼中更失去了理想化色彩，有时候觉得那些死死抓住婚姻奢望的女人愚蠢至极。

欧阳涛说：这三点是你的既定倾向，很好理解。你的问题在哪里？

夏小艾说：事物如果只有一方面的倾向，就不会有问题。如果我只是怀疑婚姻，厌恶婚姻，恐惧婚姻，排斥婚姻，否定婚姻，不婚姻也就罢了。

我最近回忆起自己大学期间的两次恋爱，觉得那时还不是单纯恋爱的意思，潜在的愿望是追求婚姻的。之所以没有结果,是因为我对可能出现的结果不满意。

这样一想,我发现自己潜意识中还有想结婚的一面。

欧阳涛问:你分析过自己的潜意识吗?

夏小艾说：当然分析过。是女大当嫁的传统文化支配,还是怕老无所依、没有安全感之类的观念作祟? 我原以为自己早都想明白了,不会受旧观念的影响。为了七十岁以后才要忧虑的事情, 从二十岁开始用五十年的时间背一个自己不心甘情愿背的婚姻包袱,太傻了。

但我就是搞不懂自己为什么在结婚问题上如此矛盾。

欧阳涛说:没有什么不好理解的。你愿意听听我的分析吗?

夏小艾说:当然愿意。

欧阳涛说:先讲讲传统观念对你的影响。

任何一种传统观念,如果它消亡了,是因为在现实中失去了基础;如果它还存在,是因为现实中还有需要。譬如女大当嫁这种观念,一方面比过去淡化了许多,远没有三十年五十年前那么影响严重了,为什么呢?

夏小艾说：现在男女平等了, 女人大多可以自食其力,社会地位也比过去高了。

欧阳涛说:这就是它部分消亡的原因。可另一方面,它为什么还存在着呢? 这和男大当婚是一样的,是因为婚姻解决了人们生存的许多实际问题。

结婚不仅是为了爱情。如果只是爱情,同居就好了。

婚姻把两个人捆成一个共同体。

夏小艾说:一般的结婚理由,你在讲座中都讲了。当我如此自觉地排斥婚姻时,这些理由还会对我产生强烈影响吗?

欧阳涛说:会的。因为你的生存条件没有超尘拔俗。你之所以排斥婚姻,是因为几代人婚姻失败造成的特殊倾向,这并不能够完全抵消社会的一般倾向。

夏小艾说:我承认自己也会受一些社会影响,然而,因为我的特殊倾向很强,可不可以认为,那种女大当嫁的一般倾向可以忽略不计?

欧阳涛说:问题没有这么简单。在排斥婚姻的特殊倾向中,你还隐蔽着一个别人没有的渴望婚姻的倾向。否则为什么你刚才说,自己大学期间的两次恋爱都有指向婚姻的目标?

夏小艾说:我后来都否定了。

欧阳涛说:否定的不是你的初衷,否定是因为达不到你要的结果。

你从小生长在一个几代女性婚姻失败的家庭中,这会给你一种难以觉察的自卑。你一方面恐惧婚姻,拒绝婚姻,否定婚姻;另一方面,你可能更倾向于用成功的婚姻来证明自己。

这或许是一种更内在的心理冲动。

夏小艾显然有一点震动,她想了想说:我妈妈就特别希望姐姐和我有好的归宿,好像这样能给她雪耻似的。

欧阳涛说:这就是我说的,你在恐惧和否定婚姻的同时,还有渴望用婚姻成功证明自己的冲动。

夏小艾点点头:看来是这样。人没有必要为了证明自己的虚荣心而自寻苦恼。看清这一点,我以后会更洒脱一点,我会沿着理性的轨迹走下去。你说,我对自己的估计对吗?

欧阳涛说:酸和碱放在一起会发生化学反应,碱说以后是碱,酸说以后是酸,其实酸和碱在一起中和了,不是碱也不是酸了。

夏小艾说:你的意思,我是什么和什么在中和?

欧阳涛说:人生轨迹不是由一种因素支配的。

譬如一个人的愿望很高,但客观条件却比较差,主观和客观中和的结果,自然不会像他愿望中那么高。也可能你理性上觉得自己应该走左边, 来自右边的声音和影响会把你往右边拉,结果,你既没有走左边,也没有走右边,走了中间。

决定你今后婚恋走向的有很多因素,我们罗列一下。

同样的社会背景,你的生存条件和别人没有太大差别,因此,一般的婚恋观念和选择趋势会对你产生影响。

比如,母亲希望你有好的婚姻,她的声音虽然让你逆反,但也在施加影响。

一种心理情结,一种心理冲动,即使你看得很清楚,它还会对你有一定的影响力。

比如, 虽然你觉得没必要为证明自己而争取一个成功的婚姻,认为自己已经排除了夫妻老来相伴、养儿防老这类陈词滥调的影响,但随着年龄的增长,它们还会对你产生不知不觉的影响。

人生轨迹不是由一种因素支配的。

譬如一个人的愿望很高,但客观条件却比较差,主观和客观中和的结果,自然不会像他愿望中那么高。

你现在还年轻,在生活中还会遇到很多优秀男人,情投意合到一定程度,只恋爱只同居也许是不够的,婚姻的诱惑也会出现。

你从小在单亲家庭长大,一方面可能习惯于没有男人照顾的生存环境,另一方面却可能比一般人更渴望父亲一样的男人对你的呵护。

这些因素一一罗列,再加上否定婚姻的种种理性观念,综合到一起,就好像一锅大烩菜,煮来煮去会煮出一个结果来。

夏小艾问:能告诉我那将是什么样的结果吗?

欧阳涛突然沉默了,似乎在想什么,过了一会儿,他笑了笑:现在还不好说。人生的真正结果与其说要靠争取,不如说更要靠等待。

表面上你对婚姻的现实性看得非常透,内心深处却可能隐藏着比一般人还理想主义的婚姻梦想。当没有理想的婚姻出现时,你会很现实地拒绝婚姻;当符合理想的婚姻出现时,你会立刻转向婚姻。

一句话,全看未来条件。

五　一夜情到底伤害了谁?

男人既想有一个终生相爱的女人相伴,又想在外面不断寻求新鲜刺激,发生一夜情之类。但妻子会同意吗?如果她闹离婚,男人就面临着不可兼得的处境。

　　"婚姻诊所"自然要面对热点话题。

　　近来,因为性学专家的一句话,网上展开了对一夜情的讨论。

　　夏小艾先请女性频道做了相关的专题与调查。

　　在调查中,发生过一夜情的人,有的认为美妙至极,有的后悔不已,认为后患无穷;未发生过一夜情的,有的表示想来一次,有的说绝对不想尝试。

　　对"一夜情在伤害谁"的回答也是五花八门,有的认为一夜情伤害了未婚女性的身心健康;有的认为一夜情破坏了已婚人士的家庭和睦;有的认为一夜情有伤风化;还有的认为一夜情纯属你情我愿,谁也伤害不到。

　　这次讲座特意请了一位海归先锋派画家做特邀嘉宾。

　　先锋派画家三十多岁,叫徐明杰。

　　他说,自己对于那些婚外情故事并不想评价什么,只想说说自己的想法。

　　徐明杰说:一夜情的存在,我觉得是思想解放的产物。不管是男人还是女人,爱情和性爱是两个概念。可能这么说有点卑鄙,但我确实是这么认为的。

　　"审美疲劳"这个词很说明问题。举个例子,一道再好吃的菜,如果让你一年三百六十五天,一天三顿,顿顿不离,恐怕见了这道菜你就会觉得恶心。男女也是一样,结婚了,热恋那会儿的感觉早就不在了,好丈夫或者好妻子心里装的更多的是责任。

虽然人和人不一样，但每个人对性爱的需求是一样的。

只是有的人能够坚持住，有的人坚持不住罢了。

一夜情经常发生在已婚男女身上，就很说明问题。天天吃着一道味道相同的菜能不腻吗？出去找新鲜很正常。我敢肯定地说，每个人，不管男人还是女人，不管已婚还是正在谈恋爱的，都会对除了自己那位以外的其他异性产生过想法。

不过大多数人都会想，我这么做对不起对方。

夏小艾问：照你的说法，一夜情很有道理了？

徐明杰说：我不是说一夜情就有理了，我只是说出了我的一点想法。

这里，我不想探讨道德问题。我想探讨的是人的本性。

欧阳涛点点头，表示听明白了。

徐明杰又说：欧阳先生，希望你不要在这里讲冠冕堂皇的话。你承认不承认，人都是喜新厌旧的，夫妻关系中肯定存在着审美疲劳。

欧阳涛说：你认为爱情是喜新厌旧的，有审美疲劳，这观点不错。说得再绝对点，再美丽的异性都会使人产生审美疲劳。一个人如果终生只和一个异性相处，而且时时刻刻泡在一起，这种审美疲劳我想谁都承受不了，那可能和囚牢差不多。从这个意义上讲，你说有审美疲劳，我同意。你说爱情喜新厌旧，我还同意。这种感情规律是个人

爱情是喜新厌旧的，有审美疲劳，这观点不错。说得再绝对点，再美丽的异性都会使人产生审美疲劳。

就能体验到，没有必要道貌岸然地强词夺理。

徐明杰有些得意了：看来你和我的观点一致。

欧阳涛说：问题远没有这么简单。爱情虽然有喜新厌旧的特点，比如和一个异性相处久了，碰到一个新人，会情不自禁地喜欢，喜新的同时就是厌旧，就是审美疲劳，这不用说，但爱情还有另外一个特点，叫"审美积累"。

这是和审美疲劳、喜新厌旧完全相反的一种情感规律。

徐明杰显然对这个概念有点陌生：什么叫审美积累？

欧阳涛说：举个最通俗的例子，有些人爱听京戏，他可能终生保持这种爱好。很多戏迷，同一场戏，同一个唱段，他可以反复听至"耳熟能详"而不厌倦。与此同时，他对那些自己并不熟悉的艺术门类可能知之甚少，兴趣也不大。

这就是审美积累。所谓越熟悉的越喜欢。

再讲一个通俗的例子，一个人生长在南方，从小习惯了大米饭，他终生就养成了吃大米饭的习惯。让他改吃别的，比如面包馒头，他会非常不习惯甚至痛苦。

感情也有这个特点，除了喜新厌旧、审美疲劳之外，还有一种累积的惯性会起作用。生活中，让一个人和他喜欢的人一年三百六十五天守在一起，一辈子几十年，一分一秒都不离开，他会有审美疲劳。但在一生中，他可能大多数时间愿意和自己喜欢的那个人生活在一起。

这在那些幸福的婚姻中并不罕见。

徐明杰说：但是人不能顿顿都是大米饭呀。喜欢一个

爱情虽然有喜新厌旧的特点，但爱情还有另外一个特点，叫"审美积累"。

这是和审美疲劳、喜新厌旧完全相反的一种情感规律。

人,并不影响婚外情调剂一下呀。

欧阳涛说:对,即使那些习惯吃大米饭的人,偶尔也愿意换换口味,比如吃一碗北方的饺子面条之类,或者吃一顿西餐。只吃大米饭,他同样会产生审美疲劳,有机会的情况下,他当然愿意换一换口味。所以结论是,喜新厌旧和审美积累这两种感情规律是同时存在的。

放在一个人身上,就可能出现这种情景,他愿意和情投意合的异性伴侣终生厮守,相濡以沫,同时也希望有别的异性朋友,甚至发生一点婚外情。

徐明杰说:这就对了。男人最理想的方案就是,有很好的妻子,相互理解,非常恩爱,终生伴侣,同时有别的女友,不时发生点情感故事。

欧阳涛说:从单纯的愿望上讲,很多男人可能都存有这种梦想。

然而,接下来就有问题了。爱情除了喜新厌旧、审美积累这样两个规律,还有第三个规律呢,即爱情的排他性。请你想一想,你能不能给妻子这个权利,她愿意终生与你相守,可在外面还有异性朋友,不时发生点婚外情,你愿意接受吗?

徐明杰想了一会儿:我只能客观地说,很多男人接受不了。

欧阳涛说:当你这样回答的时候,已经说明你本人接受不了了。

反过来,如果你不时在外边发生婚外情、一夜情,肯定妻子也接受不了。

爱情除了喜新厌旧、审美积累这样两个规律,还有第三个规律呢,即爱情的排他性。

对于许多男人来讲，"家中红旗不倒，外面彩旗飘飘"可能是最理想的状态。但是因为爱情的排他性，这样的情况对妻子而言是痛苦的，她不能接受，就必然会伤害到彼此的感情，甚至导致家庭解体。这样，男人就面临了一种利害的选择。

徐明杰有些困惑：利害的选择？

欧阳涛说：因为难以兼得。

一个男人既想有一个终生相爱的女人相伴，又想在外面不断地寻求新鲜刺激，发生一夜情之类，妻子会同意吗？她肯定要闹离婚。这样男人就面临一个不可兼得的处境。一个爱吃大米饭的人，如果他有机会经常调换一下口味，当然最理想。假如调换口味的结果就意味着终生放弃吃大米饭的权利，他还能随意调换口味吗？这自然是一种选择了。

夏小艾插话：既然这样，为什么还有那么多人发生婚外情呢？

欧阳涛说：因为这些人还想兼顾。当然，这种兼顾只能偷偷地完成。他要偷偷地换口味，偷偷地满足喜新厌旧的需要，他必须躲开妻子的审查。所有的婚外情几乎都是"偷情"，都是在暗地里进行的。

徐明杰表示同意：的确，很多男人并不想离婚，但是发生了婚外情。

欧阳涛说：问题到这里还没有完。除了妻子在爱情上的排他性，她对丈夫婚外情的拒绝外，还有一种声音对这种行为实行了制约，那就是道德舆论。

道德舆论从来是从维持整个社会的稳定和可持续发展出发的。

在现实的社会条件下,道德舆论肯定会对婚外情、一夜情持贬低的态度。不论是一夜情也好,婚外情也好,人的喜新厌旧的表演也好,在社会道德舆论中始终会处在不合理的状态。做这样的事,一般来说是不光彩的。所以,一个被社会舆论公认的正面人物,比如教师、官员、文化名人等,他的婚外情必然受到社会的点评。

这时,道德舆论的作用肯定在维持社会与家庭的稳定。如果没有这种制约力量,婚外情满天飞,一夜情到处搞,闹到孩子的父亲是谁都搞不清楚的地步,众多家庭面临分崩离析,子女痛苦不堪,无法顺利成长,社会就不能得到持续发展。

所以,道德舆论的制约也是人类现实生活的一种需要。

这时,一个人如果希望满足婚外情,满足喜新厌旧的需要,除了要冒妻子拒绝的风险,还要冒舆论谴责的风险。这里既有妻子爱情排他性的选择问题,还有社会舆论的选择问题。

这样,男人要搞婚外情,就面临双重的成本核算。

所以,一个人想要长久地兼顾两方面,一方面和相爱的妻子审美积累,另一方面又不断地喜新厌旧,这是有难度的。

徐明杰说:男人都是贪心的,又想照顾婚姻,又想偷情,就只好走钢丝。想办法偷了情又不暴露,这就成本小点。

欧阳涛说：但不管怎样，有一个成本是在偷情时要不断付出的，那就是偷偷摸摸的行为所必然带来的人格低下状态。这和光明磊落的做事心理感觉肯定不一样。这也是偷情必须付出的心理成本。

夏小艾这时在一旁插话：从卫生与健康角度看，婚外情还有不安全性，艾滋病、肝炎、性病，肯定也要提防着点。

欧阳涛说：总之，这些都是要付出的成本。这些成本都可能制约人的行为。

夏小艾说：那为什么有专家说，人人都有婚外情、一夜情的权利？

欧阳涛说：那你是否允许你的配偶也具有这样的权利？另外，我还要再添一句话，当你肯定了自己有一夜情、婚外情的权利时，你的配偶还有拒绝你的权利。接下来，他/她还有解体家庭的权利。这才是完整的回答。

徐明杰说：大哲学家萨特和他的女友西蒙娜就不限制对方的自由。

欧阳涛说：我们是讨论目前的问题。在中国，大多数家庭肯定做不到这一点，甚至在发达的西方，大多数夫妻也不能允许对方有这种权利。

至于一两百年以后大伙儿是不是都萨特、西蒙娜了，再说。

不管怎样，有一个成本是在偷情时要不断付出的，那就是偷偷摸摸的行为所必然带来的人格低下状态。这和光明磊落的做事心理感觉肯定不一样。

六　爸爸的婚外情

父母有了婚外情,孩子的命运令人关注。

傍晚,欧阳涛到楼下散步,一个女孩引起他的注意。

女孩叫小红,正上高中,欧阳涛散步时常喜欢和她聊天。

小红平日见到他,总是高兴地迎上来打招呼提问题,欧阳涛也会和她做一些数学或文字游戏。但今天小红一见他就将头一低,脸扭到一边。走近一看,女孩眼睛红肿,显然刚刚哭过。

经过一番开导,小红告诉他,刚刚和妈妈吵过架,以后再也不想上学了。

欧阳涛问:为什么?

小红犹豫了好一阵,说:因为爸爸妈妈不爱我了。

欧阳涛说：怎么可能？我经常看到妈妈开车送你上学。

小红说：那是过去。自从妈妈发现爸爸在外边有了人,两个人动不动就吵架,爸爸索性搬到外面去住,很少回家了。妈妈一看爸爸这样，也不愿意像过去那样管家了，每天到外面逛商场打麻将，把我一个人丢在家里不管,我成了多余的人。

欧阳涛说：于是你就干脆破罐破摔，上课不注意听讲，课余上网打电玩。

小红很惊讶：你怎么会知道？

欧阳涛说：叔叔会猜呀。

小红说：昨天学校通知妈妈去开家长会，老师说我的成绩下降了很多。

妈妈回来把我痛骂了一顿。我特别伤心，不想再上学了。

欧阳涛明白了，在"婚姻诊所"的讲座中，他基本是与成年人交流。眼前的小红还是未成年人。父亲的婚外情对于一个自出生时就享受着父母无限关爱的独生女来说，不啻晴天霹雳。

看来，婚外情不仅涉及成年的几方，还同时涉及家庭中的孩子们。

欧阳涛说：知道爸爸有了婚外情，你的难过非常好理解。

但是欧阳叔叔要告诉你，婚外情是父母的事情，和你没有关系。不论他们之间的关系发生怎样的改变，你是他们的女儿、他们是你的父母这一点是不会改变的。即使父母现在感情有了问题，但他们爱你，希望你优秀，希望你将来有好的前程，这也是不会改变的。

所以，一定不要用自己的不上进来惩罚父母。

小红说：可我就是很难过，没办法集中注意力学习呀。

欧阳涛说：记住，你是在为自己学习，为自己努力，为自己成长。你的未来属于你自己。

七　靠近你温暖我

　　追求婚姻我们可能有十个理由,但"拒绝婚姻"却可能有十二个理由。追求与拒绝的理由都看清楚了,才有正确选择。

　　"婚姻诊所"最后一次讲座结束了,夏小艾陪欧阳涛去地下车库取车。

　　路上,欧阳涛似乎不经意地问:明天有空吗?

　　夏小艾问:欧阳老师有事吗?

　　欧阳涛说:儿子放暑假了,要去看妈妈。明天正好有朋友去美国,可以顺路带上他。今晚我会把儿子从爷爷奶奶那里接回家,如果你明天有空,我想让你陪我一起去机场,顺便见见我的儿子。

　　为什么欧阳涛想让自己见见他的儿子呢?夏小艾从这句话中似乎听出一点别的意味,但她不再问,点头答应了。

　　第二天清晨,夏小艾如约来到路口。正值周末,车辆行人不多,一辆轿车轻轻滑过停下来,欧阳涛摇下车窗,招呼夏小艾上车。

　　后座一个十来岁的小男孩冲夏小艾咧嘴一笑:阿姨好!

车沿着三环路迅速驶上机场高速。夏小艾搂着欧阳涛的儿子在后座上聊天,没说几句,已有点混熟的意思。

夏小艾问:亮亮,要见妈妈了,高兴吗?

亮亮说:高兴。可惜爸爸不能和我一起去。

夏小艾问:想妈妈吗?

亮亮说:想,想极了。妈妈虽然和爸爸离了婚,可她永远是我的妈妈呀。

夏小艾又问:同学们知道爸爸妈妈离婚的事吗?

亮亮说:有的知道。

夏小艾说:不怕同学议论吗?

亮亮说:爸爸说不用怕。爸爸还说,我有爸爸,又有妈妈,哪个都不少,咱们才不自卑呢。爸爸妈妈离婚是爸爸妈妈的事。

夏小艾说:亮亮怎么看?

亮亮说:我觉得爸爸妈妈都挺了不起的,分开也是好朋友,不像有的人闹死闹活的。

夏小艾说:嗬,整个一个小大人啊。你怎么知道人家离婚闹死闹活的?

亮亮说:电视上老演嘛。爸爸说,妈妈的事业只能长期留在国外,这样他们就不能相互照顾了,爸爸妈妈是因为这个才分手的。

看着亮亮在朋友的牵领下进入海关,欧阳涛和夏小艾走出候机大厅,在阳光下看一架架飞机起降,直到确认亮亮所乘的航班已经起飞,他们才离开机场。

车在高速路上飞驰，两个人好一会儿都没有说话。

欧阳涛问：你姐姐夏小米最近好吗？

夏小艾说：姐姐那次和你谈话后就和男友吹了。很快又去医院做了手术，她知道自己没有力量单独把孩子带大。

欧阳涛点点头，想起什么，说：你不是一直说要找时间和我单独辩论一次吗？

夏小艾一笑：我还没有准备好。

欧阳涛开玩笑地说：可以用一句话阐述你辩论的主题吗？

夏小艾说：我辩论的主题是，女人拒绝婚姻的 N 个理由。

欧阳涛说：好先锋的姿态。愿闻其详。

夏小艾说：你说过，一个人的家庭处境会决定他对家庭的观念。

欧阳涛点头：我讲婚恋处境对婚恋观念的影响，还不单指家庭背景的影响，更重要的是自己的婚恋经历所起的决定作用。

夏小艾说：能说说你的婚恋经历对你的婚恋理念有什么影响吗？

欧阳涛沉吟了一会儿：我虽然离过婚，但我从不否定婚姻的正面作用。

夏小艾说：欧阳老师还会再结婚吗？

欧阳涛说：我只能说，我不会轻易再结婚。但如果有了合适的机会，我一定会结婚。

　　你刚才问我的婚恋经历对我的婚恋理念有什么影响,我认为,一个人要做好婚恋现象研究,不能局限在个人经历的特殊倾向中, 要设身处地去理解和透视各种婚恋现象。见什么人,要说什么话。

　　夏小艾笑了:见人说人话,见鬼说鬼话?

　　欧阳涛说:对不同档次不同理解力的人,要说不同档次的话,要不就是对牛弹琴。

　　我主要是对三种档次的人说三种话。

　　譬如,一个女人非常轴地爱上一个有妇之夫,两人之间有过一点情调,男方退缩了,不敢再沾她的边,她呢,正爱得要死要活。她来了就问,怎么才能将这个男人搞定?这种人的理解力就是低档次的。你跟她讲道理,告诉她这个男人对她没意思,她的追求纯属痴心妄想,她肯定听不进去。你只能顺着她的思路和她谈。

　　夏小艾问:怎么顺她的思路?

　　欧阳涛说:你可以告诉她,你不是要让对方对你感兴趣吗,那就要讲究方式方法呀。你没看商家卖东西,越是主动塞你,追着要卖给你,你越不稀罕。所以,要先打点好自己,生活得好,心情好,神态好,对他不远不近地保持点距离,拿着点儿,这样对方反而可能注意上你了。用顺着她的方法引导她冷静下来, 慢慢让她脱离毫无现实感的目标。

　　和理解力最低的人只能用这种谈话方式。

　　第二,和中等理解力的人谈话就要提高一个档次。

　　譬如你姐姐夏小米,就要告诉她人和人关系的实质,

対三种档次的人说三种话。

告诉她这里的利害得失，把她看不清楚的东西一一道明。面对她的一厢情愿，要找到一个恰当的比喻让她豁然开朗。譬如，我请她举一个其他女孩的恋爱例子，对别的女孩选定目标时不切实际，她看得一清二楚，这时你再告诉她，当事者迷，旁观者清，她就能接受。

和这种档次的人说话，越深刻越好，越尖锐越好，越能警醒对方越好。

夏小艾说：你和中等理解力的人说话已经深刻到家了，和高智商的人怎么说话呀？

欧阳涛说：第三，高智商的人对世事看得很明白，只不过事到临头有点迷糊。和他们对话时要三言两语点拨一下，婚恋和其他事一样，要有所在乎，又不要太在乎。什么事只要不太在乎，人就洒脱了。

夏小艾说：既然这样，你不就贴近我的观点了吗？爱情是必要的，婚姻不必考虑。女人应该拒绝婚姻——

欧阳涛摇摇头：又是你的拒绝婚姻论。

夏小艾说：我的拒绝婚姻论有很多理由。

第一个理由，婚姻与家庭是很多女人痛苦的主要来源。

世上女人的苦恼差不多一半和婚姻家庭有关。放弃了婚姻，就没有了这部分痛苦。

第二个理由，婚姻和家庭是女人提前衰老的主要原因。

多少女人婚前为寻找婚姻而苦恼，婚后为维持婚姻而苦恼，或者婚姻不满意为解除婚姻而苦恼。苦恼来苦恼

婚恋和其他事一样，要有所在乎，又不要太在乎。什么事只要不太在乎，人就洒脱了。

去，人全老在这里了。

第三个理由，婚姻与家庭使女人失去了最好的年华。

二十岁到三十多岁，女人们本可以好好享受生活，一旦背上婚姻与家庭的重负，就把最好的年华失去了。更何况与男人捆绑在一起，还担心他的见异思迁，真是愚蠢呢。

第四个理由，婚姻使女人失去独立性。

从小到大，学习工作，女人已经相当不自由了。为了寻找婚姻，维护婚姻，被婚姻和家庭拴得死死的，一辈子不得自由。陷入这个误区，女人永远享受不到自由自在的快乐。

第五个理由，婚姻使女人丧失自尊。

女人一轴上婚姻，不仅失去自由，还失去自尊。那些屡屡相亲的女孩，一次又一次被践踏着自尊心。一二十次相亲下来，自尊心被践踏到最低点。仅凭这一条，再好的婚姻也不值得。

抛弃了对婚姻的痴心妄想，女人会获得空前的解放。

第六个理由，所谓婚姻与家庭能降低生活成本，我认为毫无意义。在某些方面似乎是节约了一点成本，但婚姻造成的伤害和摩擦，支出更大。

第七个理由，所谓婚姻使彼此终生保险的说法也不成立。

有了婚姻，好像彼此有了照顾。这些人根本没有看到，女人为了婚姻付出的远比得到的多得多。女人只要能够自食其力，大可不必要求婚姻的保险意义。

只要挣下钱，身体健康，比什么都保险。

第八个理由,所谓晚年有伴、养儿防老的说法也不成立。

晚年有老伴似乎不错,对于许多人来说,养儿确实是为了防老,但是,为了晚年这一点点考虑而牺牲青年、中年这一大块主体人生段的生活质量,很不值得。

第九个理由,还有所谓最有杀伤力的观点,病了怎么办?这好像是论证婚姻与家庭合理性的有力论据。但也不成立。没有婚姻和家庭问题的折磨与困扰,女人不知要少生多少病呢。很多女人就是因为恋爱问题、婚姻问题、家庭的矛盾闹得烦恼生病。自己快乐健康是人生的最大保险,绝不能为临终时床前有人这个短短的一瞬而牺牲一辈子。

车到山前自有路。

第十个理由,现代商业服务越来越发达,不结婚也可以有男友。还可以广交朋友。只要事业成功,商业服务是可以花钱买来的,什么晚年寂寞,病了没人照顾,都不用发愁。

第十一个理由,有婚姻的人有很多家庭之累。没有婚姻与家庭的羁绊,女人会更年轻。

什么人容易年轻呢?有爱情又没有婚姻的人最年轻,生活质量也比那些只有婚姻没有爱情的人高得多。

只追求爱情,女人会更年轻,无异于延长了生命,这比什么不值?你一天到晚考虑晚年病了怎么办,结果累了一辈子,七十岁就百病缠身,老得一塌糊涂。我八九十岁还玩得挺健康,那我这一二十年是白捡的,根本就不考虑老、病一类的问题,因为我已经赚了。

第十二个理由,没有婚姻的女人更性感。

这大概是谁也不能否定的规律。很多明星不敢结婚,就是怕在异性面前少了感召力。女人不结婚会有更多的朋友,她的生活乐趣与生活质量会翻番,活一年等于两年三年。

欧阳涛笑了:一说就是十二点,看来和你辩论我真要好好准备呢。

夏小艾说:这十二点只是我的基础理论,针对一般要结婚的理由去的。

我还有更尖端的理论,譬如家庭权利之争是世界上最残酷的权利斗争,譬如家庭内的冲突是人性恶最裸露的暴露,譬如人在家庭中的相互折磨是世界上最持久最残酷的相互折磨……用民间谚语讲,这一世夫妻是上一世的冤家。

你不是讲婚恋成本论吗?我同意成本核算的理论。婚恋的潜规则就是成本核算。人做事都得看合算不合算。对于那些有独立生活能力的女人,婚姻肯定是失大于得,所以,婚姻对她们是不必要的。

欧阳涛说:我只能说,你的说法有一定道理,但不能绝对化。只有看清楚婚姻有那么多累,那么多苦,然后再看清楚婚姻的种种好处——千万别只看婚姻的好处。别理想化,别贪图——才能正确对待婚姻。

两个人这样聊着,不知不觉车到了夏小艾家的路口。

只有看清楚婚姻有那么多累,那么多苦,然后再看清楚婚姻的种种好处——千万别只看婚姻的好处。别理想化,别贪图——才能正确对待婚姻。

欧阳涛把车停下,下车,走到另一侧打开车门,等夏小艾下车。

夏日的天气说变就变,在机场时还是晴朗的太阳,不知何时天空飘起了细细的雨丝。

夏小艾站在欧阳涛面前，突然有些后悔刚才在车上的谈话,那也许并不是她真实意思的表示,而且,这么宝贵的时间,她应当跟他说点别的。想到再没有机会主持欧阳涛的讲座了,她有些惆怅。

昨晚躺在床上想过多次,今天要和欧阳涛说点什么。

但在此刻,她却不知怎样说才好。

她默默地依恋着这个男人已经很久，她已经习惯了生活中有他的日子。

终于,夏小艾开口了:欧阳老师,"婚姻诊所"的讲座结束了,你以后还会再办这样的讲座吗?

欧阳涛说:近期不会,再远的事我也不想。我很怀念安静的日子。

夏小艾又说:如果有问题,我还可以向你请教吗?

欧阳涛笑了:当然可以,但问题不要太多,而且我不希望总和你讨论婚恋问题。你知道吗,在这个领域你是个有一点点傻的小姑娘。

夏小艾深深地吸了一口气,她似乎想说:欧阳老师,有句话我一直想告诉你,在没有认识你之前,我像个孤儿,你让我感觉在这个世界上有了依靠。

但她看着欧阳涛什么都没说。

欧阳涛却什么都明白似的看着她一笑。

　　他轻轻拍了拍女孩的肩膀,转身上车。在车子发动之后,他突然想起什么似的,将一个对折的信封递给夏小艾:这是给朋友的一封信,替我交给她。

　　当汽车从视线中远去消失后,夏小艾低下头展开折叠的信封。

　　泪水顿时不可控制地涌出眼眶,她在信封上看到三个字:

　　　　致丫丫

哦,他知道我是谁,他早就知道了。

她急急地抽出信纸:

可爱的丫丫,是你吗?

　　我一直保留着我们几年前的通信,有时还会止不住设想着你可能的变化。那个无助的、有着强烈自卑感而且对环境极不信任的女孩会走怎样一条人生之路,她会得到幸福吗?

　　现在一切似乎都有了答案。我想告诉你的是,你比你想象的更值得骄傲,也比你想象的更可爱。

　　谢谢那些深夜到达的问候。因为这些问候,那些夜晚很温暖。

　　我很留恋这种温暖。希望这温暖能陪伴着我的生活。

　　　　　　　　　　　　　　　　欧阳涛

后　记

　　恋爱与婚姻是世间大多数人离不开的事情,而家庭更是人人不能避免。即使是完全拒绝婚姻的人,他也曾出生成长在某个家庭。

　　俄国著名作家托尔斯泰讲过:"幸福的家庭都是相似的,不幸的家庭各有各的不幸。"

　　婚姻与家庭确实是各种不幸的多发地。

　　人世间很多苦痛是婚姻痛。

　　人世间很多疾病是家庭病。

　　婚姻与家庭是最日常、最经常的烦恼之源。

　　僧人出家说是避世,其实首先是逃离婚姻与家庭,"出家"二字已经将一切说明。

　　但同时,婚姻与家庭又是人世间最日常、最经常的幸福之源。每时每刻有无数温暖的场景与故事在证明这一点。

　　不幸与幸福，除了命运安排，全在于有无人生的智慧。

　　生活本难免烦恼，但历经烦恼而不惑，剩下的就是安详与快乐。

　　是为新版后记。

柯云路

2019 年 12 月

图书在版编目（CIP）数据

婚姻诊所/柯云路著. —郑州:河南文艺出版社,
2020.5（2022.7重印）

ISBN 978-7-5559-0940-8

Ⅰ.①婚…　Ⅱ.①柯…　Ⅲ.①长篇小说–中国–当代　Ⅳ.①I247.5

中国版本图书馆 CIP 数据核字（2020）第 046464 号

策　　划　杨　莉
责任编辑　杨　莉　穆安庆
责任校对　梁　晓
书籍设计　张　萌

出版发行　河南文艺出版社
本社地址　郑州市郑东新区祥盛街 27 号 C 座 5 楼
邮政编码　450018
承印单位　河南省四合印务有限公司
经销单位　新华书店
纸张规格　700 毫米×1000 毫米　1/16
印　　张　18.5
字　　数　183 000
版　　次　2020 年 5 月第 1 版
印　　次　2022 年 7 月第 4 次印刷
定　　价　49.00 元